# Norbert Wickbold
## Denkzettel

Norbert Wickbold

# Denkzettel

**Die zweite Staffel**

2. Auflage

© 2023 Norbert Wickbold
Website: www.heilkunstundfarbenpracht.de

Lektorat von: Irene Wickbold
Coverdesign von: Norbert Wickbold
Satz & Layout von: Norbert Wickbold

Druck und Distribution im Auftrag des Autors:
tredition GmbH, Heinz-Beusen-Stieg 5, 22926 Ahrensburg, Germany

978-3-734-53543-7 (Paperback)
978-3-734-53544-4 Hardcover)
978-3-734-53545-1 (e-Book)

*Das Werk, einschließlich seiner Teile, ist urheberrechtlich geschützt. Für die Inhalte ist der Autor verantwortlich. Jede Verwertung ist ohne seine Zustimmung unzulässig. Die Publikation und Verbreitung erfolgen im Auftrag des Autors, zu erreichen unter: tredition GmbH, Abteilung „Impressumservice", Heinz-Beusen-Stieg 5, 22926 Ahrensburg, Deutschland.*

# Inhalt

*11. Sind wir von allen guten Geistern verlassen?*
   oder haben wir sie verlassen?....................... 11

*12. Wohlstand oder Wohlfahrt?*
   Braucht man heute gar keinen Anstand mehr?.. 21

*13. Mobil oder Immobil?* oder: *Muss die Frage nach*
   Sein oder Haben neu gestellt werden?.............. 31

*14. Sozial ist, wenn's ein andrer macht!*
   oder: Einer trage des anderen Last................ 41

*15. Kunden wollt ihr ewig kaufen?*
   Wann habt ihr endlich genug?..................... 51

*16. Oma fährt im Hühnerstall Motorrad!*
   Überleben im Altersheim.......................... 61

*17. Heiß oder Kalt?* Warum lässt Euch das alles kalt?.. 71

*18. Jammern mit Niveau?*
   Wie schön ist's doch im Jammertal!.............. 81

*19. Wenn beim Lackaffen der Lack ab geht,*
   wird er dann zum nackten Affen?................. 91

*20. Und ewig locken die Märkte*
   Wer kann Mammons Töchtern widerstehen?.... 101

Die Bücher von Norbert Wickbold................. 111

# Vorwort

Waren die ersten Denkzettel eher allgemeiner Natur, so sollen sich die in diesem Büchlein folgenden speziellen Themen des sozialen Lebens widmen.

Ich will es wirklich wagen, dort Späßchen zu machen, wo bei vielen der Spaß aufhört. Beim Glauben zum Beispiel nicht so sehr dem religiösen Glauben, sondern dem moralisch oder politisch gefärbten Glauben. Ich weiß zwar, dass man sich darauf lieber nicht einlassen sollte. Denn das wusste schon der Geheimrat Goethe:

*»Politisch Lied ein garstig Lied!«*

Mir liegt es fern, mich über andere Menschen lustig zu machen. Bei einigen hier angesprochenen Themen verbietet es mir mein Verständnis von Anstand, sie einfach humorvoll zu besprechen. Ernsthaft will ich sein, aber nicht starrköpfig, denn zu viel Engstirnigkeit und Starrköpfigkeit hindern uns oftmals daran, die richtigen Entscheidungen zu treffen. Das gilt für das große politische Leben genauso wie für die kleine, ganz persönliche Lebenspolitik. Heute gehen nicht mehr viele Menschen in die Kirche, um ein Glaubensbekenntnis abzulegen. Um so mehr Menschen geben heute durch das Lesen der richtigen Zeitung, durch Betrachtung der Lieblingstalkshow im Fernsehen oder durch die persönliche Beteiligung im sozialen Netzwerk an den »richtigen«

Foren ihr Glaubensbekenntnis ab. Früher glaubte man, dass es passieren könnte, vom Kugelblitz erschlagen zu werden. Daran glaubt heute wohl niemand mehr. Ganz aktuell wurde jemand laut Zeitungsrecherche vom Blitzkrebs getroffen oder eben niedergestreckt.

Aus der viel zitierten Meinungsvielfalt ist leider eine massenhafte Meinungseinfalt geworden. Für mich ist es unglaublich, mit welchen Erklärungen sich die Menschen abspeisen lassen. Zum Beispiel klären uns die Medien darüber auf, dass es nicht durch den Klimawandel wärmer wird, sondern durch die Atmosphäre. Oder das Parlament debattiert monatelang herum, um sich dann endlich zu einer Resolution durchzuringen. Doch kaum wurde die bekannt gemacht, hagelte es Kritik und es folgt nach der üblichen Hinhaltetaktik auf höchster Ebene die Erklärung, dass diese Resolution rechtlich ja gar nicht bindend sei. Wer braucht solche Erklärungen? Wer lässt sich damit zufriedenstellen? Nein, zufriedenstellen wollen diese Weisheiten nicht. Mir scheint, es geht den Schreibern darum, die Leser gegen solche geistigen Tiefflieger aufzubringen, um sie anfällig für die künftigen Erklärungen zu machen. Man regt sich über die Dummheit von gewissen Leuten auf und fällt damit auf die versteckten Dummheiten anderer rein.

Die Leserinnen und Leser anzuregen, sich wirklich eigene Gedanken zu machen, indem ich ihnen vorführe, zu welchen paradoxen und kuriosen Ergebnissen es führen kann, wenn man die üblichen Phrasen konsequent weiter verfolgt, bleibt natürlich weiterhin mein wichtigstes Anlegen. Gerade bei den hier angesprochenen Themen ist es eine große Herausforderung, weder Verbitterung noch Schadenfreude aufkommen zu lassen. Vor allem geht es aber darum, sich nicht nur zu ärgern und aufzuregen, sondern einen Weg zu finden, mit den vielen Ungereimtheiten unserer Tage umzugehen, ohne dabei in Verbitterung, Verzweiflung oder Resignation zu landen. Und vor allen Dingen, ohne bei alledem das Lachen zu verlieren.

*Norbert Wickbold*

## Norbert Wickbold Denkzettel Nr.11

## Sind wir von allen guten Geistern verlassen?

oder haben wir sie verlassen?

Heilkunst und FarbenPracht©

# Norbert Wickbold
# Denkzettel Nr. 11

# Sind wir von allen guten Geistern verlassen?
## Oder haben wir sie verlassen?

Als ich 28 Jahre alt wurde, sagte man mir, dass mich nun mein Schutzengel verlassen würde. Bis hierher habe er mir treu gedient und mir stets geholfen. Von nun an müsse ich alleine klar kommen. Ich fand das ziemlich unfair. Schließlich war ich gerade in die größte Katastrophe meines Lebens geschlittert. Und da wollte mich mein Schutzengel alleine lassen? »Ein schöner Freund ist das«, dachte ich. Und überhaupt, wo war denn mein Schutzengel bisher gewesen? In wie viele Katastrophen hatte ich mich schon rein geritten. Nirgends hatte mein Schutzengel bereitgestanden, mich vor der drohenden Gefahr zu warnen. Nirgends hatte er mir einen einfacheren, bequemeren Weg oder überhaupt irgendeinen Ausweg gewiesen. Aber vielleicht war das ja so einer wie bei Alexis Sorbas: »*Ich hab' noch nie eine Brücke so schön einstürzen sehen!*« Das ich nicht lache! Na ja, an einstürzende Neubauten konnte sich mein Schutzengel bei mir wirklich sattsehen. Da wurde ihm einiges geboten. Dann hat wenigstens einer seinen Spaß gehabt. Ich fand das jedenfalls nicht lustig. Von mir aus sollte *der* Schutzengel bleiben, wo der Pfeffer wächst. Und tatsächlich, nachdem der weg war, ging es allmählich aufwärts mit mir. Die ersten 28 Jahre fehlten mir natürlich. Da war nichts mehr zu machen. Wo andere es schon zur ersten Erbschaft, zur zweiten Frau, zum dritten Kind, zum vierten Haus, zum fünften Auto und zur sechsten Weltreise gebracht hatten, gelang es mir jetzt tatsächlich, den zweiten Stein auf den ersten zu setzen, ohne dass mir der sofort wieder um die Ohren flog. Und das war für mich wie das siebte Weltwunder.

Durch die nicht enden wollenden Niederlagen war ich längst vom Glauben abgefallen. Wenn es überhaupt irgendwelche höheren Wesen, die als gute Geister wirken, geben sollte, hatten die offenbar an mir keinerlei Interesse. Ich sah mich von allen guten Geistern verlassen. Andererseits fragte ich mich: Sind diejenigen, die wirklich erfolgreich sind in der Wirtschaft und in der Politik, etwa diejenigen, die die Götter besonders lieben? Kann das stimmen? Wenn ich sehe, was diese Menschen aus unserer Welt machen – und wir machen bei alledem ja mit, – dann frage ich mich wirklich: Sind denn nicht *die* von allen guten Geistern verlassen? Und *wir* mit ihnen?

Nun ja, für mich stand das ja sowieso schon fest, obwohl ich nun wirklich nichts angestellt hatte. Ich hatte ja bisher kaum Gelegenheit dazu gehabt. Und dennoch: Je mehr mir in meinem Leben dann doch noch gelang, um so mehr stieg in mir das Gefühl auf, jetzt doch von guten Geistern geleitet zu werden. So sehr ich mich bisher über das Versagen der guten Geister beklagt hatte, so muss ich doch, seit dem ich weiß, was da oben los ist, bei meinen Zeitgenossen ein gutes Wort für sie einlegen. Es gibt ja Leute, die glauben, sie bräuchten nur um etwas zu bitten und dann schickt der Himmel ihnen das Gewünschte. Da ist bei mir nichts zu machen, das weiß ich ja inzwischen. Andere denken, ihnen würde nur deshalb so viel Unangenehmes widerfahren, weil sie in ihrem Leben oder in einem vorherigen Leben schon so viel Schlechtes angestellt hätten. Ich glaube fast, die überschätzen ihren Einfluss in erheblichem Maße. Und dann gibt es Menschen, die sind davon überzeugt, dass der liebe Gott sowieso schon weiß, was für sie gut ist. Was immer auch in ihrem Leben geschieht, ihnen scheint alles recht zu sein. Die scheinen gar keine eigene Meinung zu haben. Andere halten die ganze Welt für eine Täuschung, und zwar komplett. Ganz so weit möchte ich nun doch nicht gehen, aber ich glaube, von dem, was diese Leute glauben, kann einiges nicht wahr sein. Dazu ein Beispiel: Jedes Mal, wenn beim Autofahren auf meiner Seite ein Hindernis ist, erscheint wie aus dem Nichts ein entgegenkommendes Fahrzeug. Jedes Mal, und zwar ausnahmslos! Jetzt frage ich Euch: Sitzt da im Himmel wirklich jemand, der dafür sorgt, dass es ständig zu solchen Engstellen und Beinah-Unfällen kommt? Stellt Euch doch nur einmal vor, wie viele Autos tagtäglich weltweit auf den Straßen unterwegs sind? Wie viele solcher Engstellen und Beinahunfälle gibt es da? Glaubt Ihr wirklich, dass der liebe Gott das alles regelt? Und ständig kommt es vor, dass sich regelrechte Knoten bilden. An der engsten Stelle müssen dann plötzlich alle gleichzeitig durch! Auf der graden Strecke danach ist man anschließend wieder ganz allein. Bei den Menschen würde man ja denken: Fehlplanung! Aber in der göttlichen Werkstatt? So viele Zufälle kann es nicht geben. Und Absicht? Will Gott uns provozieren, Unfälle zu bauen?

Ich glaube, die da oben müssen auch schon lange mit der Zeit gehen. Wer macht denn noch irgendetwas selber? Das wird heutzutage alles *outgesourcet*. Die haben da oben auch inzwischen für alles Fremdfirmen. Und wollt Ihr wissen, wer da den Auftrag erhalten hat? Das ist nicht so einfach, wie Ihr Euch das vorstellt. Immer weniger Menschen sind noch bereit, ihren Beitrag zur göttlichen Lebensversicherung zu zahlen. Und das, obwohl es immer mehr Menschen gibt, die alle nur ihre Bestellungen abholen. So geht es im Himmel zu wie auf Erden: Mit drastisch sinkenden Einnahmen sollen ständig wachsende Aufgaben erfüllt werden. Wenn die Menschen vom obersten Herrn nichts mehr annehmen wollen, dann müssen jetzt eben auch die armen Teufel ran! Denen bleibt gar keine Zeit mehr für neckische Spielchen. Da muss jeder mit Anpacken. So haben die vielen Teufelchen und Quälgeister, die sonst unkontrolliert ihr Unwesen trieben, jetzt ein festes Arbeitspensum. Jeder muss sich nützlich machen! Da wird jede Hand, jede Hufe und jede Pfote gebraucht. So mussten die sich kraft göttlichen Gesetzes kurzerhand einer Umschulung unterziehen. Seither steht vor der Hölle auf einem Schild in großen Lettern:

*Ab heute bleiben unsere Satansbraten kalt,*
*was der Chef jetzt will, das lernen wir jetzt halt!*

Zuerst muss das schon seltsam ausgesehen haben, als die ganz schwarzen Teufel bei den schneeweißen Engelein in die Lehre gingen. Doch inzwischen ist alles perfekt *gemanagt*. Jeder hat jetzt seine Aufgabe, alles ist geregelt. Da gibt es welche, die sind zuständig für die Niederlagen, andere für die Rückschläge, wieder andere sorgen für die verpassten Chancen. Und natürlich die Verkehrsunfälle, die Missverständnisse und all die sonstigen Täuschungen und Verirrungen. Und tatsächlich, es gibt jede Menge Engstellenkoordinatoren. Zunächst hatte ja da oben von den guten Geistern niemand gewusst, wozu die erforderlich wären, aber dann hatten immer mehr Quälgeister gestreikt. Sie wollten nur noch weiter arbeiten, wenn sie ab und zu mal einen kleinen Unfall einbauen dürften.
»*Auf keinen Fall!,*« war das prompte göttliche Macht-

wort. »*Was sollen denn die Leute von mir denken?*« Er wollte wirklich nicht, dass die Menschen auf der Erde schlecht über ihn denken. Gerade als die Sache mit den Engstellenkoordinatoren verhandelt wurde, kam von den Menschen ein riesiger Schwung Rücktrittserklärungen von der göttlichen Lebensversicherung. In seinem göttlichen Zorn sagte da der Herr: »*Na gut, wenn die Menschen das nicht anders haben wollen, dann kann ich ihnen auch nicht mehr helfen!*« Und so willigte er ein. Und bei sich dachte er: »*Das wäre ja noch schöner, wenn ich mir von jedem kleinen Teufelchen sagen ließe, was hier zu tun ist!*« Und so lenkten diese listigen Teufelchen alle Zusammentreffen der Menschen immer durch solche Engstellen. Das Leben wurde immer hektischer. Ungeduld, Gereiztheit und eine unbestimmte Wut breiteten sich unter den Menschen aus. Sie waren schnell aufgebracht und ließen sich zu unachtsamem Verhalten verleiten. Die vielen kleinen Unfälle wurden zur Alltäglichkeit. Sehr zur Freude der Teufelchen. Die Menschen ersannen immer neue Geräte, um ihr Leben noch hektischer zu machen. Das gab den Engstellenkoordinatoren weitere Gelegenheiten, Unfälle einzubauen. Unter den Menschen heißen die Engstellenkoordinatoren jetzt Qualitätsmanager. Die waren bald so wichtig wie diejenigen, die Gott einst als Versicherungsvertreter für die göttliche Lebensversicherung auf die Erde geschickt hatte. Die wiederum arbeiteten inzwischen nur noch für die kleinen Teufelchen und verkauften den Menschen Vollkaskoversicherungen und Aktienpakete, Rentenversicherungen und Renditepapiere. Doch einigen Menschen dämmerte es langsam, dass die Rundum-Sorglospakete nicht die Lösungen, sondern die Probleme waren. Der Herrgott musste erneut ein Machtwort sprechen:

*„Ihr Menschen, ich sag' euch, meine Macht ist groß,
ich zeig' euch, wie ihr werdet die Geister wieder los!
Ich steckte die armen Teufel fest in jedes kleine Detail,
an die Dinge gebunden versprechen sie euch das Heil.*

*Hegt ihr nur Sehnsucht nach irdischen Dingen,
müsst ihr stets mit Teufeln und Quälgeistern ringen.
Doch wenn Ihr wollt die guten Geister wirklich finden,
dürft ihr das Herz nicht an des Teufels Werke binden.*

*Könnt ihr noch aufsehen von eurem irdischen Streben
und den Blick wieder ganz zum Himmel hinauf heben,
wirds euch gelingen, Frieden und Freude zu finden,
weil ihr erkennt, was die Schutzengel euch verkünden."*

Norbert Wickbold Denkzettel Nr.12

# Wohlstand oder Wohlfahrt?

Braucht man heute gar keinen Anstand mehr?

Heilkunst und FarbenPracht©

# Norbert Wickbold
# Denkzettel Nr. 12

# Wohlstand oder Wohlfahrt?
## Braucht man heute gar keinen Anstand mehr?

Haben Sie nicht auch manchmal den Eindruck, dass es Ihnen immer schlechter geht, obwohl es Ihnen im Grunde genommen doch immer besser geht? Wir können uns immer mehr leisten, schaffen uns immer mehr Werte an, haben aber dennoch den Eindruck, immer mehr an Werten zu verlieren. Ist das nicht paradox? Jetzt frage ich mich:

*Sind nur Waren wirklich wahre Werte*
*und all die Menschen nur verkehrt(e)?*

Es gibt ja durchaus Worte und Begriffe, die selbsterklärend sind, etwa Knallfrosch oder lahme Ente. Das gilt jedoch nicht für Wohlstand und Wohlfahrt. Man könnte sagen, im ersten Fall ist das Wohl beständig und im zweiten eher unbeständig flüchtig. Für die einen ist das Wohl ein beständiges Fundament, doch für viele gleicht das Wohl eher dem fahrenden Volk: Heute hier meistens fort, kaum da ists schon wieder an einem anderen Ort. Als kleiner Junge wusste ich, was ein Hochstand war und einen Unterstand konnte ich mir auch vorstellen. Vor allem kannte ich die elterliche Forderung nach Anstand. Meine Eltern bestanden darauf, dass ich mich bei allem, was ich tue, nicht nur um mein eigenes Wohl kümmere, sondern immer auch das Wohl aller im Auge behalte. Das halten viele Menschen heute für rückständig. In der heutigen Welt müsse man rücksichtslos seine Ziele verfolgen, sonst komme man zu nichts. Meine Eltern baten mich inständig, von solchen Standpunkten und Leuten lieber Abstand zu halten. Das galt zum Beispiel auch für bestimmte Standorte wie dem Schießstand auf dem Jahrmarkt. Das sei nichts für Kinder. Über Wohlstand sprachen sie nie. Vielleicht war das ja auch nichts für mich? Heute weiß ich, dass sie einfach keine Erfahrung mit Wohlstand gemacht hatten.

Manche Stände kommen scheinbar nur in der Mehrzahl vor, etwa die *„Umstände!"* Obwohl niemand gerne Umstände haben will, gibt es Leute, die damit ihr Geld verdienen: die Umstandskrämer. Es wäre viel zu umständlich zu erklären, wie das zustande kommt. Anders verhält es sich, wenn eine Frau zum Mann sagt: *„Mach mir ja keine Umstände!"*, und der aber darauf besteht, denn dann ist diese Frau womöglich bald in anderen Umständen. Das muss dann gemeldet werden, und zwar auf dem Standesamt, damit jeder davon erfährt. Und wenn Mann und Frau in den Ehestand treten wollen, müssen sie dafür vor den Standesbeamten treten. Scheinbar gibt es nur für den Stand ein Amt, für das Wohl jedoch nicht.

Es gibt aber eine Wohlstandsgesellschaft. Das ist ein spezieller Klub. Wer da Mitglied werden will, muss viel Geld haben, über Beziehungen verfügen und am besten auch immer blendend gut aussehen. Die guten Beziehungen bekommt man natürlich nur, wenn man schon zur Wohlstandsgesellschaft gehört. Und um da rein zu kommen, muss man nun mal sehr, sehr viel Geld haben. Wer jedoch versucht, viel Geld zu bekommen, indem er viel arbeitet, kann auf keinen Fall zu den Schönen zählen, denn man sieht ihm nun mal an, wie sehr er sich angestrengt hat. Wirklich schön sind aber nur die, die reich sind, ohne sich körperlich anstrengen zu müssen.

Wer nicht genug Geld hat, kommt nicht in die Wohlstandsgesellschaft. Er muss draußen bleiben. Und wer gar nicht weiß, wo er überhaupt Geld zum Leben her bekommt, dem bleibt nur der Weg zur Wohlfahrt. Das Wort Wohlfahrt hatte ich ab und zu aus den Reden der Erwachsenen aufgeschnappt. In meiner kindlichen Fantasie stellte ich mir darunter so etwas wie eine Kaffeefahrt oder einen Pfadfinderverein vor. Jedenfalls mussten die von der Wohlfahrt viel Geld haben. Schließlich hieß es immer wieder: Der lebt von der Wohlfahrt und bekommt Hilfe zum Lebensunterhalt. Oder gibt es doch ein Wohlfahrtsamt? Zum Wohlfahrtsamt, kurz: zur Wohlfahrt, noch kürzer: zur Wohle zu gehen, ist fast wie ins Gefängnis zu gehen. Es ist besser, wenn niemand davon erfährt. Aber das geht eben nicht. Wer zur Wohlfahrt geht, der muss sich komplett offenbaren. Wer zur Wohlstandsgesellschaft gehört, zeigt jedem, wie reich und wie schön er ist. Wo das viele Geld herkommt, das behält er lieber für sich. Davon soll auch niemand etwas erfahren. Vor allem nicht das Finanzamt. Oder die Menschen, die für sie schwer arbeiten müssen. Weil die meisten Leute versuchen, durch harte Arbeit reich zu werden, behaupten die Reichen, sie hätten selbst hart gearbeitet, aber da sie dennoch schön sind, können sie nicht wirklich schwer gearbeitet haben. Wie zum Beispiel unser Kohlenhändler; der hatte zwar viele Kohlen, aber reich war der bestimmt nicht und schön, erst recht nicht! Ich hab nie wieder jemanden gesehen, der sich bei der Arbeit so schmutzig gemacht hat. Oft sagt man über einen Wohlhabenden:

*Der macht sich bestimmt nicht schmutzig!*

Warum diejenigen, die nicht hart arbeiten und sich auch nicht schmutzig machen, so beliebt sind, habe ich schon als Kind nicht verstanden. Es gibt Zeitschriften, die nur darüber berichten, dass jemand aus der Wohlstandsgesellschaft mal einen schweren Tag oder gerade eine schwere Zeit hat. Am liebsten würden die Leser dann sofort für diese bedauernswerten Menschen Spenden sammeln.

Manchmal wird – allerdings nicht in diesen Zeitschriften – darüber berichtet, wie viele Menschen, die nicht zur Wohlstandsgesellschaft gehören, schon zeitlebens schlechte Tage haben, weil sie nie wissen, wovon sie leben sollen. Wenn dann noch in der Zeitung steht, dass die Wohlfahrt diesen Menschen das Nötigste gibt, wollen die Leser am liebsten die Wohlfahrt ganz abschaffen.

Zur Wohlstandsgesellschaft gehört häufig auch der Wohlstandsbauch. Der kommt automatisch durch das viele gute Essen. Wer es nicht in die Wohlstandsgesellschaft geschafft hat, legt sich auch einen dicken Bauch zu, als Zeichen seines Wohlstands. Doch der kommt dann meist von dem vielen schlechten Essen.

Die Wohlfahrt entwickelt sich auch zu einer Gesellschaft. Wer dazu gehört, der darf für wenig Geld das tafeln, was die Wohlhabenden nicht einmal geschenkt nehmen würden. Von einem Wohlfahrtsbauch habe ich allerdings noch nie gehört. Man muss wissen, dass die Wohlstandsgesellschaft von Natur aus eine Gesellschaft von Wohltätigen ist. Deshalb ist es so schlimm, wenn es auch nur einem von ihnen mal schlecht geht. Schließlich können sie dann ja nicht mehr dem Wohle der Menschheit dienen. Die Wohlfahrtsgesellschaft hingegen beherbergt bekanntermaßen Untätige und Missetäter. Somit ist die Vorstellung für viele Menschen unerträglich, dass es auch nur einem von ihnen mal gut geht. Wenn die überhaupt etwas zu irgendeinem Wohle beitragen, dann nur zu ihrem Eigenen. Über die Wohlfahrtsgesellschaft wird spekuliert, dass es sich dabei um einen geheimen Bund von Gaunern handle, der lauter dunkle Gestalten beherberge. Das kann aber auch nicht stimmen, denn schließlich müssen sich alle Mitglieder vollkommen offenbaren, wenn sie aufgenommen werden wollen. Nein, von Wollen kann ja überhaupt gar keine Rede sein, denn eigentlich will da niemand aufgenommen werden.

Und jetzt kommen die Wohltäter ins Spiel. Als Arbeitgeber geben sie denen Arbeit, die sonst zur Wohlfahrtsgesellschaft gehören müssten. Damit werden aus den Untätigen Tätige, aber natürlich nicht gleich wohltätige. Schließlich nehmen sie ja schon wieder. Jetzt sind sie Arbeit-Nehmer und – nach getaner Arbeit – Lohn-Empfänger. Die Wohltätigen sind nicht nur Arbeit-Geber, Geld-Geber und Brötchen-Geber, sondern oftmals auch noch Wohnungsgeber. Dabei sollten wir nicht vergessen, uns für all die vielen tollen Waren, die sie produzieren und uns verkaufen, dankbar zu sein. Wo kämen wir hin ohne diese Wohltaten. Also wenn die Wohltätigen die Geschicke der Welt bestimmen würden, müsste dann nicht die ganze Welt zu einer gigantischen Wohlstandsgesellschaft werden? Und niemand müsste mehr zur Wohlfahrt? Das Zauberwort heißt jetzt: Wohlstandswachstum! In der Tat entstehen immer mehr Wohlstandsparadiese und wahre Oasen des Wohlstands. Überall lassen die Wohlstandswahrer babylonische Türme von Wohlstandswaren bauen. Wie ägyptische Pyramiden ragen die durch vieler Menschen Schweiß errichteten Berge des Wohlstands in schwindelerregende Höhen. In die Täler herabstürzen sich riesige Wohlstandsgefälle. Der Wohlstand duldet nur Wohlstand und die Wohlfahrtsgesellschaft schickt er in die Wüste zurück. Doch wenn es keine Wohlfahrt mehr gibt, dann muss ja auch niemand mehr davor bewahrt werden, zur Wohlfahrt gehen zu müssen. Und vor allem, müssen die Wohlhabenden nicht ständig wohltätig sein, sie kommen endlich dazu, sich um ihre eigenen Sorgen zu kümmern. Und die sind ja groß genug, wie man in besagten Zeitschriften tagtäglich lesen kann. Ich habe den Eindruck, wer zur Wohlstandsgesellschaft gehört, sollte sich lieber um andere Fragen Sorgen machen: Warum wird das eigene Wohl immer mehr zum Übel der ganzen Gesellschaft? Warum halten so viele Menschen die Wohltäter inzwischen für Übeltäter? Und: Vielleicht ist Anstand ja doch nicht so rückständig.

*Bleibt der menschliche Anstand auf der Strecke zurück,*
*führt, statt zum Wohlstand der Weg bald ins Unglück.*
*Rücksicht und einander beistehen sind die wahren Werte*
*und die Berge lieblos geschaffener Waren nur verkehrte.*

Norbert Wickbold Denkzettel Nr.13

# Mobil oder Immobil ?

oder muss die Frage nach Sein und Haben neu gestellt werden ?

Heilkunst und FarbenPracht©

# Norbert Wickbold
# Denkzettel Nr. 13

# Mobil oder Immobil?

*oder muss die Frage nach Sein oder Haben neu gestellt werden?*

Früher hatte ich ja geglaubt, dass man nur ein Zuhause haben könne. Ich meine gleichzeitig. Und in der Physik lernt man, dass ein Ding, was letzten Endes auch für den kompletten Menschen gelten müsste, zur gleichen Zeit nur an einem einzigen Ort sein kann. Und dennoch gibt es immer mehr Leute, die versuchen, überall gleichzeitig zu sein und sich deshalb eine Zweitwohnung anschaffen. Oder ein zweites Haus. Gehts Ihnen auch so?

Ich kann, – wie zu erwarten war, – kaum Zeit finden, richtig da zu sein. Ich bin ja die meiste Zeit unterwegs. Zwischen Wohnung und Haus. Zwischen beruflichem, privatem und gesellschaftlichem Dasein. Wie eine flinke Schar von Elektronen umkreise ich etwas, was ich den Kern meines Lebens nenne. Aber ich schwirre nicht nur selbst von einem »Hier« zum anderen »Dort«, sondern ich bringe jedes Mal auch noch eine Menge Sachen, von denen ich glaube, sie in der jeweils anderen Wohnung zu benötigen, von einem Ort zum anderen. Rastlos ziehe ich mit meinem halben Hausstand hin und her. Aber ist Haus*stand* überhaupt das richtige Wort für diese Unbeständigkeit? Letztlich ist das Auto oder der Zug mein drittes Zuhause. Das

Fahrzeug selbst wird zu meiner Wohnung, die manchmal die Form eines Wohnwagens annimmt. Ja, und dann bin ich mal wieder auf Achse und *On the road again!* Mich festlegen auf ein einziges unverrückbares Zuhause, das könnte ich nicht.

Zu sagen: *My home is my castle,* das wäre mir völlig fremd. Mein Heim ist keine Festung oder Trutzburg, die vor allen Gefahren des Lebens Schutz bieten kann. Und zum kleinen Schlösschen, das meinen angehäuften Reichtum präsentiert, hat es einfach nie gereicht. Vielleicht könnte mir eine Immobilie endlich Stabilität in mein mobiles und fragiles Lebensgebäude bringen? Eine Immobilie würde zusammen bringen, was anders nicht zusammen geht. Auf diese Steine können Sie bauen, hieß es einst in einer Werbung, die zum Sparen auf das eigene Haus animieren wollte. Wie viele Lebenskonstrukte erweisen sich selbst als instabil und immobil und zerbrechen schließlich gerade an der Immobilie.

Ich kann nirgends richtig zu Hause sein. Manchmal denke ich, ich müsste ein Haus haben, um endlich zur Ruhe zu kommen, aber dann kann ich kein Haus finden, weil ich einfach nicht zur Ruhe komme. Heimatlos, ohne Rast und ruh. Im Grunde genommen liege ich ja voll im Trend. Als moderner Mensch soll ich mobil sein. Automobil, Wohnmobil, Mobilphone und mobiles Büro. Wie viele Menschen essen im Gehen! Und das mobile Klo nicht zu vergessen! Ich soll, wenn der Arbeitsmarkt es will, allzeit bereit sein, von Nord nach Süd, von Ost nach West – oder umgekehrt – zu ziehen. Wenn ich aber pflegebedürftige Angehörige habe, soll ich die möglichst in ihrer gewohnten Umgebung belassen und sie dort pflegen. Oder pflegen lassen – von der Mobilstation. Obwohl wir immer mobiler sein sollen, werden die Autos immer größer, sodass wir kaum eine Chance haben, einen Parkplatz zu finden. Und die Möbel werden immer größer, dass wir kaum eine Chance haben, eine Wohnung zu finden, die all das Mobiliar fassen kann. Und wir selbst werden immer dicker, dass wir uns bald kaum noch bewegen können. Und die Preise für Wohnraum werden immer höher, sodass wir uns nur noch eine ganz winzig kleine Wohnung leisten können. Auch mit dem Fahrrad ist inzwischen jeder Ort erreichbar, ob mit Rennrad, Mountainbike oder Motorbicycle. Die Jungen rasen in oft abenteuerlicher Weise auf Skateboards oder Inlineskatern durch die Gegend und die Alten sind überall mit ihren Rollatoren anzutreffen. Um bei so viel Mobilisation wieder zu mir zu kommen, betrachte ich das Drehen und Winden des Mobiles, dass über meinem Kopf schon seit vielen Jahren stumm seine Kreise zieht, und denke an den Spruch: *»Stell dir vor: Es ist Krieg, und keiner geht hin!«* Wie denn auch, sage ich mir, die sind ja alle unterwegs. Heute heißt es ganz lapidar: »*Ich bin dann mal weg!*« Und Tschüss. Mich einfach aus dem Staub machen und mich klammheimlich aus der Verantwortung stehlen, als hätte ich etwas angestellt? Das ist nichts für mich. Da bin ich fast geneigt, mir die Schnecke zum Vorbild zu nehmen; sie hat zwar ihr eigenes Haus immer dabei, aber sie ist wenigsten langsam – eben wie eine Schnecke! Und sie hinterlässt immer eine Spur, wo sie zu finden ist. Ich habe kein Haus, aber ich bin aus dem Häuschen. Soll ich dann immer mit dem Wohnmobil unterwegs sein? Und dann finde ich dort, wo ich hin will, einfach keinen Parkplatz.

Also, wenn ich irgendwann soviel Geld habe, um es investieren zu können, dann lege ich es natürlich in eine Immobilie an. Ich arbeite so viel, dass ich mir keine eigene Wohnung leisten kann. Das ist schon paradox. Dabei behaupten so viele Makler, sie hätten genau mein Traumhaus. Aber die wissen doch gar nicht, wovon ich träume. Die kennen mich nicht einmal! Denn ich muss ja nicht nur von meinem Haus träumen, sondern auch davon, tatsächlich einmal an so viel Geld zu gelangen, dass ich mir mein Traumhaus überhaupt leisten kann. Vielleicht bin ich erst wer, als Besitzer eines Hauses? Und wer bin ich geworden, wenn ich einst zum Hausbesitzer geworden bin? Ich will doch ein Zuhause haben, um endlich bei mir zu sein. Das wäre schön. Wie kann das gelingen? Kann das Haben das Sein ersetzen? Oder setzt das Haben nicht das Sein voraus? Angenommen, ich habe mir ein Haus gekauft, dann *habe* ich dieses Haus, aber *bin* ich dann auch dort zu Hause? Um mir das Traumhaus tatsächlich leisten zu können, muss ich eben noch mehr arbeiten. Und wenn ich noch mehr arbeite, bin ich noch weniger zu Hause. Wozu brauche ich denn dann überhaupt dieses Haus? Wie passt das zusammen? Zu Hause bedeutet für mich in erster Linie »Zuhause sein.« Was nützt es mir, wenn ich ein Zuhause habe, mich dort aber nicht wohlfühle, sprich, nicht zu Hause fühle?

Es gibt ja auch Leute, die kaufen ein Haus, eine Wohnung - oder mehrere davon - nicht etwa, um dort zu sein, sondern einzig, um ihr Haben zu vermehren. Nur das Haben hat für sie einen Wert, nicht das Sein. Das stört sie gar nicht, dass so viele Menschen gar keine Wohnung haben. Sie sagen, das steigere ja gerade den Wert ihrer Wohnung. Sie glauben tatsächlich, dass sie mehr haben, weil andere weniger haben. Ist das nicht erbärmlich oder besser gesagt, ärmlich? So gesehen bin ich gar nicht so arm, wenn ich mir mein Traumhaus nicht leisten kann.

Mobil sein in der Immobilie! Inzwischen kann man schon von unterwegs die elektrischen Geräte im Hause kontrollieren, z. B. könnte ich, wenn ich unterwegs bin, meine Heizung zu Hause steuern, die Kaffeemaschine schon mal anmachen oder durch unregelmäßiges an- und ausschalten des Lichtes in verschiedenen Räumen Einbrechern meine Anwesenheit vortäuschen. Manche haben schon ein Prográmmchen auf ihrem Mobilphone, das ihnen den Inhalt ihres heimischen Kühlschranks anzeigt, damit sie jederzeit und an jedem Ort die benötigten Lebensmittel besorgen können. Wahrscheinlich gibt es auch schon ein Programm, das mir anzeigt, ob meine Partnerin bzw. mein Partner allein im Bett ist, wenn ich mal wieder unterwegs bin. Aber was ist das für ein Zuhause, was für ein Wohnen, wenn es nur mein Misstrauen beherbergt?

Wo oder wie soll ich denn zu mir finden, wenn ich unentwegt außer mir bin? Manchmal, wenn mir das ganze Gehetze durch alle Weltgegenden einfach zu viel wird, möchte ich es wirklich wie die Schnecke machen und mich in mein Schneckenhaus zurückziehen. Am besten wäre es, wenn ich mein Zuhause in mir selbst finden könnte. Manche Menschen behaupten ja von sich: »Wo immer ich mein Haupt ablege, da *ist* mein Zuhause.« Oder heißt es eher: »Da *bin* ich zu Hause?« Ich würde lieber sagen: »Da *fühle* ich mich zu Hause.« Was stimmt nun eher? Ich will doch endlich ein Zuhause haben, um endlich bei mir zu sein. Bei mir kann ich natürlich überall sein. Das ist weder mobil noch immobil, weder Unterwegs-Sein noch Ein-Zuhause-Haben. Und was folgt nun daraus?

*»Wo immer ich gehe, folgt mir ein Hund namens Ego.«*

Das hat Nietzsche doch schön gesagt. Wenn er mir folgt, dann ist das ja in Ordnung, aber ist es nicht oft gerade umgekehrt? Wie oft bin ich es, der dem Ego folgt und glaubt, wer weiß wohin rennen zu müssen oder ihm einen Palast bauen zu müssen. Dann fühlt sich mein Ego klein und möchte gerne größer sein, deshalb will es dann ein größeres Haus oder noch ein Haus. Heute weiß ich, diesem Hund brauche ich nun wirklich keine riesige Hundehütte zu bauen, ich muss ihm auch nicht maßlos viel Auslauf gewähren. Oder womöglich ständig vor ihm weglaufen. Ich muss ihn schlichtweg bändigen. Dieses Ego wohnt in mir. Aber vor allem wohnt da mein eigenes Selbst. Und wenn das die Führung übernimmt, habe ich keine weiten Wege mehr – und dennoch erfordert es die größte Mobilität von mir. Und ich brauche gar kein Geld für einen schönen Palast. Den habe ich ja längst in mir!

Norbert Wickbold Denkzettel Nr.14

# Sozial ist, wenn's ein andrer macht!

**Einer trage des anderen Last?**

# Norbert Wickbold
# Denkzettel Nr. 14

# Sozial ist, wenn's ein andrer macht!
## – Einer trage des anderen Last?

Jetzt möchte ich mich an ein Thema wagen, dass, wann immer es angesprochen wird, als heikel gilt: Was ist sozial? Seit gut zweihundert Jahren wird darüber gestritten und debattiert. Jetzt hat man ein Schriftstück aus einem früheren Jahrhundert wieder aufgefunden. Der darin befindliche Satz soll es auf den Punkt bringen: *Einer trage des anderen Last.*

Es soll Menschen gegeben haben, die tatsächlich nach der Maxime: *Die Stärkeren helfen den Schwächeren* lebten. So ist es überliefert. Die Gelehrten sind sich jedoch nicht sicher, ob der wiedergefundene Wortlaut wirklich richtig wiedergegeben wurde. Durch Unachtsamkeit oder Hinterlist ist er abgewandelt worden und heißt nun: *Einer trage **der** anderen Last.* Eine kleine Änderung mit großer Wirkung. Sofort sind alle dagegen aufgebracht und fragen gereizt: Wollen Sie derjenige sein, der alle anderen huckepack tragen muss? Ich jedenfalls nicht! Und wie als nächster Akt im Theater kommen jede Menge Menschen mit starken Schultern zu uns, die jedoch zunächst erst einmal Hilfe brauchen, um dann selbst zupacken zu können. Wo diese Menschen herkommen, ist beileibe das Bleiben unerträglich. Mit Mühe und Not hier angekommen, ruft man ihnen wutentbrannt zu: *Wir können nicht alle tragen!*

Nur eben mal eine Zwischenfrage: Stört es Sie, wenn Sie gestört werden? Das klingt jetzt komisch, aber was ich fragen wollte, ist: Was machen Sie, wenn es mal nicht so läuft, wie es soll? Also, am besten ist es natürlich, wenn alles glatt läuft. Doch leider läuft eben nicht immer alles glatt. Nicht nur das. Manchmal läuft einiges schief. Na gut, es kommt vor, dass einem der Zug vor der Nase wegfährt oder dass einem die Kaffeetasse umkippt und dabei die ganzen Unterlagen versaut werden. Das ist zwar ärgerlich, aber damit wird man in der Regel selbst fertig, auch wenn es sich manchmal um eine kleine Katastrophe handelt. Ich meine jetzt die wirklich großen persönlichen Katastrophen. Was ist, wenn Sie alleine einfach nicht mehr weiterkommen? Wenn Ihnen alles zu viel wird, wenn Ihnen die Wogen all der widrigen Umstände über dem Kopf zusammenschlagen, wenn Sie im Meer der Ereignisse zu ertrinken drohen, wenn Sie es selbst einfach nicht mehr schaffen, sich daraus zu befreien? Wer kommt Ihnen dann zur Hilfe und kümmert sich um Sie, bis Sie wieder Boden unter den Füßen haben?

Nun ja, ab und zu fragt mal jemand: „Wie geht es dir?" Aber wer wartet überhaupt noch die Antwort ab? Wer nimmt sich wirklich die Zeit zuzuhören? Oft ist der andere in Eile und sagt verkniffen: „Ich hab leider grad gar keine Zeit!" Wenn Sie ihm tatsächlich ihr Leid klagen können, dann überschüttet Ihr Gegenüber Sie mit eigenen Erlebnissen und Geschichten aus seiner Vergangenheit unter denen Ihre gegenwärtige Not schnell verdeckt und begraben wird. Wirkliche Hilfe bekommen Sie auf diese Weise natürlich nicht. Sie brauchen ja niemanden, der Sie schultert oder auf Händen durch alle Unbill des Lebens trägt. Aber jemanden, der Ihnen hilft, die schwierige Situation zu meistern, damit Sie wieder auf eigenen Füßen stehen können. Eine helfende Hand! Es hat einst solche helfenden Hände wirklich gegeben. Erst kürzlich wurde Mutter Teresa heiliggesprochen, weil sie ihr Leben der Hilfe der Armen widmete. Sie gilt somit als christliche Leitfigur. Wenn sie von den Lebenden im Stich gelassen werden, können die Armen und die Hilfsbedürftigen Mutter Teresa anbeten und um Hilfe bitten. Das Christliche und das Soziale vereinigen sich zur Unterstützung der Schwächeren. Hört man heute die Leute reden, dann existiert sozial aber nur in der Negativform, also als »asozial« oder »unsozial.« Als unsozial gilt jeder, der als sozial schwach eingestuft wird, weil er Hilfe von anderen Menschen braucht.

*Sozial ja – aber ohne mich!*
*Sozial ist, wenn's ein anderer macht.*
Oder frei nach einem Zitat von Wilhelm Busch:
*Soziales wird als störend oft empfunden,*
*da es meist mit Mühen ist verbunden.*
Und Nietzsche fand heraus:
*»Unser Nächster ist nicht unser Nachbar, sondern dessen Nachbar, – so denkt jedes Volk.«*

Als sozial gilt schon, wenn Menschen sich einer Solidargemeinschaft anschließen, um im Notfall Hilfe und Unterstützung zu bekommen. Seit vielen Jahren loben wir uns selbst für die vielen Solidargemeinschaften. Wir sind davon überzeugt, dass bei uns niemand Not leiden muss. Doch wenn Menschen bei uns um Hilfe bitten, dann soll erst einmal für die Notleidenden im eigenen Land gesorgt werden. Nun ja, wie funktioniert jetzt eigentlich eine wirkliche Solidargemeinschaft? Dazu ein Beispiel. Viele Menschen schließen sich einer Solidargemeinschaft an und zahlen regelmäßig einen Obolus ein, damit ihnen, wenn Sie zum Beispiel durch einen Hausbrand in Not geraten, geholfen wird. Nun tritt der bedauerliche Fall tatsächlich ein: Das Haus eines Beitragszahlers, der jahrein, jahraus stets pünktlich und brav seinen Obolus gezahlt hat, brennt bis auf die Grundmauern ab. Der in Not Geratene wendet sich an die Solidargemeinschaft. Sofort befindet der Verwalter des Geldes, dass es nicht zumutbar sei, wenn die Solidargemeinschaft für die Kosten des unsolidarischen und egoistischen Verhaltens Einzelner aufkommen soll. Der Brandgeschädigte darf die Gemeinschaft nicht belasten, bekommt keine Unterstützung und muss den Feuerwehreinsatz selbst bezahlen. Der Leiter der Solidargemeinschaft hingegen bekommt für sein vorbildlich solidarisches Verhalten fortan zusätzliche leistungsgerechte Bonuszahlungen, wodurch ihm die

Solidargemeinschaft – schließlich hat er erheblichen Schaden von der Gemeinschaft abgewendet – in kurzer Zeit ein stattliches neues Haus finanziert. Er vermietet sein ihm nunmehr zu klein gewordenes Haus und zieht selbst in das neue Anwesen. Und wie uneigennützig wirkliche Solidarität ist, zeigt sich auch darin, dass er den seit dem Brand obdachlosen Beitragszahler, – der im Übrigen inzwischen vom Inkassobüro bedrängt wurde, seinen Zahlungsrückstand bei der Solidargemeinschaft unverzüglich zu begleichen – in seinem alten Haus wohnen lässt. Für eine angemessene Miete versteht sich. Die Kosten der Brandschutzversicherung muss selbstverständlich der Brandgeschädigte allein tragen! Gesamtgesellschaftlich wird diese Art Solidargemeinschaft oft auch als Solidarpakt bezeichnet. Hier frage ich mich, wer schließt hier mit wem einen Pakt? Ich muss beim Wort Pakt immer an den Pakt denken, den Faust wider besseren Wissens *(Welch ein Gespenst bracht ich ins Haus?)* mit dem Teufel abschließt.

*»Und was soll ich dagegen dir erfüllen?*
*Nein, nein! Der Teufel ist ein Egoist*
*und tut nicht leicht um Gottes willen,*
*was einem anderen nützlich ist.*
*Sprich die Bedingung deutliche aus,*
*ein solcher Diener bringt Gefahr ins Haus!«*

Mir scheint, dass Goethes Beispiel nicht als Abschreckung, sondern eher als Vorbild aufgefasst wurde. Doch wie oft geschieht es, wenn jemandem ein Spiegel vorgehalten wird, auf das er die Hässlichkeit der Fratze erkenne, der er aufsaß, dass dieser Mensch sich an seiner eigenen Schönheit berauscht?

*Spieglein, Spieglein an der Wand*
*ist das nicht wirklich allerhand?*
*Darum tue aller Welt nun kund,*
*wer am rücksichtslosesten ist im Erdenrund!*
*Ich geb' nichts ab von meiner Pracht,*
*sozial ist, wenn's ein andrer macht!*

Damit das Soziale allen zugutekomme, hatte man einst den Sozialismus erfunden und um die darin lebenden Menschen eine hohe Mauer errichtet. Inzwischen ist die Mauer zerfallen und der Sozialismus auch. Damit die Leistungsgesellschaft nicht jedem zugutekomme, hatte man den Kapitalismus erfunden und zur Besitzstandswahrung riesige Mauern errichtet. So mauern sich die Menschen selbst ein. Kann das die Lösung sein? Mich erinnert das an all die Filme aus dem Wilden Westen, in denen sich völlig durchgeknallte Typen in einer abgelegenen Ranch verschanzten und mit grimmigem Blick allen Fremden ihr Luftgewehr vor die Nase hielten und drohten, sie abzuknallen, wenn sie nicht sofort verschwinden würden.

Jetzt fällt mir ein Tierfilm ein. Da gab es einen hohlen Baum. Der hatte an der Seite ein Loch so groß, dass gerade eben mit einer Hand hineingegriffen werden konnte. Als ein neugieriger Affe in der Nähe war, legte ein Mensch Nüsse in den hohlen Baum. Jetzt wollte der Affe sich natürlich die Nüsse holen. Er langte mit dem ganzen Arm in das Loch, griff sich die Nüsse und – bekam seine Hand nicht wieder heraus. Die mit den Nüssen gefüllte Hand passte nicht mehr durch das Loch. Die Beute wollte er auf keinen Fall loslassen. So konnte der Affe mühelos von dem Menschen gefangen werden. Verstehen Sie jetzt, weshalb sie verzweifelt rufen: *Wir können nicht alle tragen?* Sie kriegen ihre Hand nicht aus dem Loch heraus! Sie haben schon an all ihren Waren und Werten schwer zu schleppen, und können niemandem eine helfende Hand und auch keine Hand zum Gruße entgegenstrecken.

Obwohl sie so stolz auf ihre Kultur sind, benehmen sie sich auch heute noch wie die Affen im Urwald. Hier mag Goethe seinem Mephisto, das Schlusswort sprechen lassen:

*Setz' dir Perücken auf von Millionen Locken,*
*setz' deinen Fuß auf ellenhohe Socken,*
*Du bleibst doch immer, – was du bist.*
[Ergänzung des Autors:]
*Ein unverbesserlicher Egoist!*

Norbert Wickbold Denkzettel Nr.15

# Kunden, wollt ihr ewig kaufen?

Wann habt ihr endlich genug?

Heilkunst und FarbenPracht©

# Norbert Wickbold
# Denkzettel Nr. 15

# Kunden, wollt ihr ewig kaufen?
## Wann habt ihr endlich genug?

Eigentlich darf man das ja gar nicht sagen, aber finden Sie nicht auch, dass wir schon längst genug haben? Ich meine schon. Genug von allem. Nein, nicht nur genug, sondern zu viel. Viel zu viel! Genug zu essen. Genug zu trinken. Genug zum Anziehen. Genug Spiele, Möbel, Schmuck, Bilder, Musik ... Ich hab von allem mehr als genug. Und dennoch: Ich kaufe und kaufe und kaufe. Jeden Tag kauf' ich mir noch mehr Vorräte ein, als sei dies die letzte Gelegenheit oder der letzte Tag. Und täglich locken die Geschäfte mit günstigen Angeboten, die ich auf gar keinen Fall verpassen darf. Da gibts Prozente und Rabatte: Wenn ich fünf Stück kaufe, krieg' ich noch eins gratis obendrauf! Na ja, eigentlich brauch' ich, wenn überhaupt nur eins! Und ich entdecke immer wieder Sachen, die ich tatsächlich noch nicht habe. Ständig kommen neue Produkte auf den Markt.

Ich konnte doch bisher auch ohne diese Dinge auskommen. Manchmal frage ich mich, muss ich das haben? Brauche ich das alles wirklich? Was ist mit den Supersonderangeboten von vorgestern? Habe ich durch sie gestern wirklich besser gelebt? Und heute? Brauche ich die neuen Sachen damit es mir morgen – vielleicht – besser geht?

Gibt es niemanden, der sich daran erinnert, dass er ja früher auch gelebt hat – ohne diese Produkte? Hat denn hier nicht einer mal den Mut zu sagen: *„Jetzt reicht 's"*? Dann sag' ich das hiermit!

Bisher glaubte ich alles gleich im Sechserpack oder im Zehnerpack zu brauchen. Und dann brauchte ich dazu ein größeres Auto, um die ganzen Einkäufe nach Hause schaffen zu können. Und ich brauchte natürlich auch noch eine größere Kühltruhe, weil ich die ganzen Waren zu Hause lagern musste. Und irgendwann brauchte ich selbstverständlich eine noch größere Wohnung, die all meine siebentausend Sachen fassen sollte. Und dann, ja, dann braucht das Ganze nun mal noch mehr Sprit fürs Auto und noch mehr Strom für die Kühlaggregate. Und schließlich brauchte ich natürlich viel größere Mülleimer und vor allem musste immer häufiger die Müllabfuhr kommen. Das gab dann auch eine höhere Müllrechnung. Dazu kamen die größeren Raten für das größere Auto und der höhere Abtrag für die größere Eigentumswohnung. Weil die Zahlen auf dem Konto nicht mitwuchsen, brauchte ich einfach mehr Geld und musste dann eben noch mehr arbeiten.

Hauptsache Wachstum und zwar Wirtschaftswachstum predigen bis heute die jungen Leute mit den wachstumsfreien Zonen auf ihren Köpfen. Ich hatte eines perfekt gelernt: das Wichtigste im Leben ist die Steigerung des Bruttosozialprodukts. Solange ich das beherzigte, war jeder Tag wie Weihnachten, weil ich mich ständig selbst beschenkte. Und eben nicht nur zur Weihnachtszeit. Da natürlich besonders. Was früher ein Fest der Besinnung war, wurde ein Kaufrausch bis zur Besinnungslosigkeit. Was früher ein Fest der Freude und der Familie war, ist zum Fest des Konsums und des Einzelhandels verkommen. Und auch das stört niemanden. Niemand sagt: Jetzt reicht's!

Ich erinnere mich noch daran, dass früher vor Weihnachten immer zum Spenden aufgerufen wurde. Heute ruft der Einzelhandel dazu auf, noch mehr zu kaufen. Also los! Geschenke kaufen. Festschmuck kaufen. Festschmaus kaufen. Zutaten kaufen. Backwaren kaufen. Und anschließend kaufen wir uns die neueste Zeitschrift, die uns darüber aufklärt: Wie werde ich den Winterspeck wieder los?

*A-a-an Weihnachten liegen alle rum und sagen puh-uh-uh-uh.*
*Der Abfalleimer geht schon nicht mehr zu.*
*Die Gabentische werden immer bunter*
*und am Mittwoch kommt die Müllabfuhr und holt den ganzen Plunder,*
*und sagt, jetzt wird wieder in die Hände gespuckt.*
*Wir steigern das Bruttosozialprodukt,*
*ja, ja, ja, jetzt wird wieder in die Hände gespuckt.*

(»Geiersturzflug« im Jahre 1983)

*Wir steigern das Bruttosozialprodukt,* sang 1983 die Gruppe: Geiersturzflug. Was als Ironie gemeint war, wurde für bare Münze genommen. Ich kann mich nicht davon ausnehmen. Schnell hatte ich die neueste Formel des Glücks gelernt. Das Bruttosozialprodukt berechnet sich seither so:

***Brutto – Soziales < Produkte***
(Brutto minus Soziales bedeutet mehr Produkte)

Im Klartext heißt das: Je mehr brutto ich habe und je weniger ich zum Sozialen beitrage, desto mehr Produkte kann ich für mich konsumieren. Schnell habe ich gelernt, alles Soziale als lästige Kosumbremse anzusehen. Doch nicht nur ich allein. Vor allem mein Chef hat bald erkannt, wie wichtig es ist, die Sozialleistungen zu minimieren.

Die Berater aus Politik und Wirtschaft haben das alte, irreführende Wort Bruttosozialprodukt inzwischen durch das Wort **Konsum-Klima-Index** ersetzt. Der besagt ganz einfach: Ist das Kapital hoch und das Soziale niedrig, dann ist deine Kaufkraft unendlich groß. Der Konsumklimaindex zeigt an, wie gut das Klima zum Konsumieren ist. Sollte es mal eher schlecht sein, dann kommt es zum befürchteten Kaufkraftverlust. Der entsteht zum Beispiel, wenn es viele Menschen gibt, die ihr Geld auf die hohe Kante legen, damit sie auch noch was für die Rente oder eben für schlechte Zeiten übrig haben. Dadurch geben die dann einfach weniger aus. Es kommt zur gefürchteten Kaufzurückhaltung! Das geht gar nicht. Denn die ist ansteckend. Deshalb haben die Wirtschaftsweisen aus dem Abendland die Gebote des Konsums verordnet. Die Gebote des Konsums lauten:

1. *Du sollst nicht an andere denken und auch nicht an morgen.*
2. *Du sollst deiner Marke treu bleiben.*
3. *Du sollst die Sonderangebote feiern, wie sie fallen.*

Ich will Spaß, ich will Spaß! – Na also, geht doch! Das Leben kann so einfach sein, deshalb raten sie dir:

*Denk nicht an gestern, blick heiter ins Morgen,*
*wenn du Geld brauchst – wir können 's besorgen.*
*Um deine Kauflaune weiter zu heben,*
*können wir dir günstige Kredite geben.*
*Wir geben dir ständig neue Sachen,*
*die dir das Leben so einfach machen.*

Wie immer zu Beginn einer neuen Ära gab es ein paar kritische Stimmen. Der Sänger Herbert Grönemeyer machte sich schon 1983 über den heraufkommenden Geist des grenzenlosen Konsums lustig. Doch was als Abschreckung gemeint war, wurde zum Kult, zum absoluten Muss zur Hymne auf die konsumfreudigste aller Zeiten umgedeutet.

*Oh, ich kauf' mir was*
*kaufen macht so viel Spaß,*
*ich könnte ständig kaufen gehn,*
*kaufen ist wunderschön,*
*ich könnte ständig kaufen gehn,*
*kaufen ist wunderschön,*
*ich kauf',*
*ich kauf',*
*was ist egal.*

Das Leben ist so einfach geworden. Inzwischen brauchst du ja nicht einmal mehr ins Kaufhaus zu gehen. Ja, du kannst ganz bequem vom heimischen Sofa aus shoppen gehen. Virtuell. Du legst die gewünschten Produkte in den Warenkorb und gehst zur Kasse. Nur mitnehmen kannst du die Sachen nicht gleich. Die kommen aber in wenigen Tagen direkt zu dir ins Haus. Du wirst vielleicht sagen, dann komme ich ja gar nicht mehr aus dem Haus, um Freunde zu treffen. Manchmal brauchst du ja schon Freunde, die dich bewundern, weil du dir all die schicken Sachen leisten kannst. Aber das ist doch alles kein Problem. Du suchst dir einfach deine Freunde aus, legst die in den Warenkorb – nein kaufen musst du die natürlich nicht. Die kommen auch nicht gleich zu dir ins Haus, aber zu dir aufs Smartphone. Kaum hast du die Freundschaftsanfrage bestätigt, schon kriegst du einen

Anruf von ihm/ihr. Es werden täglich mehr Freunde! Mehr kaufen, mehr Freunde. Alles ganz einfach.
Du willst noch mehr?

*Willst du mehr, – kriegst du mehr!*

Du kannst dir Piercingringe durch die Nase ziehen und dann die Markenzeichen daran hängen. Jeder soll sehen, welche Marken du liebst! Du kriegst ein Tattoo mit all deinen Marken. Das ist so intelligent, es warnt dich, wenn du versehentlich mal eine andere Marke in den Warenkorb gelegt hast. Dann kriegst du immer kleine Stromschläge. Die werden dann immer stärker, bis du deinen Irrtum bemerkst und zur richtigen Marke greifst.

Und jetzt kommt der Knüller. Du kannst dir einen Chip ans Handgelenk oder an der Stirn unter die Haut pflanzen lassen. Sieht keiner! Alle deine Käufe sind darauf gespeichert. Zusammen mit dem Code 666. Da sind dann alle deine Lieblingsmarken registriert – und deine Kontodaten auch. Und deine Freunde und deine ... So kauft man heute! Hast du immer noch nicht genug?

Norbert Wickbold  Denkzettel Nr.16

# Meine Oma fährt im Hühnerstall Motorrad!

## Wie man im Altersheim überlebt

# Norbert Wickbold
# Denkzettel Nr. 16

# Meine Oma fährt im Hühnerstall Motorrad! – Überleben im Altersheim

Als ich zur Schule ging, sangen wir Kinder gern ein Lied, in dem lauter kuriose Dinge vorkamen. Damals dachte ich, das geht doch gar nicht. Den lustigen Text kann man selbstverständlich nicht ernst nehmen; doch heute weiß ich erst den wahren Wert dieses Liedes zu schätzen. Das Lied heißt:

*»Meine Oma fährt im Hühnerstall Motorrad!«*

Damals hatte ich versucht, mir das ganz konkret vorzustellen, wie eine Oma auf dem Motorrad sitzend, durch den Hühnerstall knattert und dabei alle Hühner aufscheucht, die laut gackernd herumflattern und das Weite suchen. Mein Gott, dachte ich, das muss eine Oma sein. Die traut sich was!

Meine Mutter musste schmunzeln, als ich sie fragte, ob Oma wohl im Hühnerstall Motorrad fahren würde. „Das ist doch nur so ein Lied, das macht doch keine Oma wirklich", sagte sie. So wenig kannte sie ihre eigene Mutter! Bei meiner Mutter war das wohl eher harmlos. Wenn meine Mutter sagte: „Mit dir muss ich noch ein Hühnchen rupfen", dann wusste ich, dass ich wohl mal wieder etwas angestellt haben musste. Oder wenn Mutter drohte: „Jetzt setzt es ein Donnerwetter!" Das war dann meist doch nicht so schlimm und ich musste nur ein paar Federn lassen. Und die wachsen, wie man weiß, – zumal in jungen Jahren – schnell wieder nach. Es war zwar unangenehm, aber es ließ sich verkraften. Bei meiner Oma war das anders. Und auch heute ist das ganz anders. Wenn meine Oma im Hühnerstall Motorrad fährt, dann fliegen wirklich die Fetzen. Dann bleibt kein Stein auf dem anderen. Soweit ich weiß, ist sie noch nie wirklich Motorrad gefahren. Aber zutrauen würde ich es ihr durchaus. Mitgefahren ist sie schon. Es ist noch gar nicht so lange her, da sagte der Herbert: „Komm, ich nehm' dich mit in die Stadt. Kannst dich hinten drauf setzen." Der hatte das nur im Scherz gesagt, aber er kannte meine Oma noch nicht. Die hatte nicht lange überlegt, schnappte sich den Helm und schwang sich ohne zu zögern auf den Sozius. Kaum hatte sie festen Halt, da rief sie Herbert begeistert zu: „Worauf wartest du? Los, sattel die Hühner!" Angeschmiegt an Herbert war sie sogleich mit Kittelschürze und Sturzhelm durch die Gegend gedüst. Das ist meine Oma! Ich glaube, das würde die heute auch noch bringen.

Meine Oma lebt inzwischen im Altersheim. Die Pflegekräfte, sagt sie, das sind lauter junge Hühner. Wenn jemand von diesen jungen Hühnern meiner Oma alles Mögliche haarklein erklärt und es womöglich noch mehrfach wiederholt, dann schimpft sie wie ein Rohrspatz: „Wenn ich auch schon weit über achtzig bin, so bin ich doch keineswegs auf den Kopf gefallen, das merken Sie sich mal!" Sie war aber genau aus diesem Grunde ins Heim gekommen, weil sie tatsächlich auf den Kopf gefallen war. Und das nicht zu knapp. Das weiß sie bloß nicht mehr. Natürlich nicht beim Motorrad fahren. Aber sie hat sich bei einem Sturz mächtig den Kopf angestoßen. Zunächst war ich ja schon erschrocken, als ich sie so am Boden liegen sah. Wie ein Käfer lag sie rücklings und regungslos vor meinen Füßen. Doch zimperlich ist sie noch nie gewesen. Obwohl die Sache ja durchaus sehr ernst zu nehmen war, musste ich doch in Gedanken den Spruch von Wilhelm Busch auf meine Oma abwandeln:

*Jeder denkt: Die ist perdu!*
*Aber nein, – noch lebet sie.*

Und schon rief sie mir zu: „Los hilf mir wieder auf die Beine." Doch als das dann gar nicht gelingen wollte, sah sie dann auch ein, dass sie erst einmal ins Krankenhaus gebracht werden musste. Zu meiner Überraschung gefiel es ihr dort ganz gut. Sie fand es toll, dass alle um sie bemüht waren und vor allem, dass sie nicht mehr selbst kochen musste. Deshalb willigte sie ein, als wir ihr den Vorschlag machten, ins Heim zu gehen. Meine Oma hat ein Zimmer direkt neben dem Dienstzimmer bekommen. Da treffen sich die Pflegerinnen und Pfleger zu ihren Besprechungen. Manchmal geht es da hoch her und dann, sagt sie, gackern die Hühner, dass ihr die Ohren abfallen. „Das die immer so ein Geschrei veranstalten müssen, wenn ich mich mal aufs Ohr hauen will." Oma überlegte, wie sie das abstellen konnte. Zuerst hatte sie sich einfach nur darüber lustig gemacht und besonders laut gesungen:

*Ich wollt'*
*ich wär' ein Huhn*
*ich hätt' nicht viel zu tun*
*ich legte jeden Tag ein Ei*
*und sonntags auch mal zwei!*

Sie steigerte sich in ihrem Ärger in ein immer lauter werdendes Gegacker hinein. Aber das hatte gar nichts geholfen. Die waren selbst viel zu laut, um Omas provokativen Gesang zu hören, geschweige denn zu merken, dass es ihnen galt. „Jetzt sattel doch die Hühner", schimpfte sie vor sich hin. „Wenn die das so haben wollen, dann geht hier jetzt die Post ab!" Daraufhin schnappte sie sich ihren Rollator und ging da mal rüber. Ohne anzuklopfen platzte sie da rein: „Wenn ihr glaubt, nur weil ich alt bin, könnt ihr alles mit mir machen, dann habt ihr euch aber getäuscht! Jetzt muss ich hier wohl mal mit euch im Hühnerstall Motorrad fahren!" Was dann folgte, muss sich für Außenstehende angehört haben, als sei der Fuchs in den Hühnerstall gekommen. Aber in Wirklichkeit war das meine Oma, die da mal aufräumen musste, wie sie sagte. Wer da wieder raus kam, sah nicht nur ziemlich alt aus, sondern war auch arg gerupft. Ob Hilfskraft oder Chefin, das war ihr egal. Sie hat sich schnell Respekt verschafft. Sie fand bald heraus, was hier alles schief lief. Das war mit einem Mal natürlich nicht zu fassen. Aber Oma war hartnäckig. Sie kam öfter. Und jedes Mal drohte sie: „Ich glaub', ich muss mal wieder mit euch im Hühnerstall Motorrad fahren!" Das war durchaus nicht lustig. Auch nicht für meine Oma. Sie erklärte mir, dass sie sich vorkam wie Herkules, der einen Saustall aufräumen sollte und dazu extra einen Fluss durch das ganze Chaos leiten musste. „Das ist hier zwar nur ein kleiner Hühnerstall, aber das ist nicht weniger Arbeit, wenn man da wirklich Ordnung rein bringen will." Manche Kollegin hatte zuvor schon bei meiner Oma ihr Leid geklagt: „Hier geht es immer weiter auf der Hühnerleiter. Wie die sich bekriegen! Da herrscht eine regelrechte Hackordnung. Wie die Kampfhähne oder Kampfhühner gehen die aufeinander los." Die Oma konnte das gar nicht ertragen, und so versprach sie den frustrierten Kolleginnen baldige Abhilfe. Immer wenn Oma anfing zu singen, dann wurde es richtig gefährlich. Und jetzt sang sie:

*Auch ein blindes Hühnerauge trinkt mal einen Korn.*
*Gerät in Wut, die Oma Lauge, so fürchtet ihren Zorn!*

Sogleich verkündete sie, was sie beschlossen hatte: „Ich glaub', ich muss mit denen wieder im Hühnerstall Motorrad fahren!" Und das tat sie auch. Gleich bei der nächsten Besprechung. Es dauerte nicht lange, bis die jungen Hühner wieder laut wurden. Dann kam Oma! „Da musste ich einfach dazwischenfahren", sagte sie. „Mit dem Motorrad – sozusagen." Meine Oma mag keine halben Sachen. Meine Oma sagt immer, was sie denkt. Auch dann, wenn man es gerade nicht hören will. Dann sogar am liebsten. Das hat gewirkt. „Das war schon ein ziemlich wilder Hühnerhaufen. Ich hab bei denen allmählich immer mehr Regeln eingeführt", sagte meine Oma. „Denen musste ich erst einmal beibringen, wie man vernünftig miteinander redet und überhaupt, wie man ordentlich miteinander umgeht. Die behaupten, dass für sie die Wünsche der Heimbewohner zuerst kommen. Und ihre eigenen Wünsche sind ihnen nur selten bewusst. Sie merken ja nicht einmal, dass ihre Kollegin, mit der sie täglich zusammenarbeitet, ab und zu auch mal ein nettes Wort braucht. Ich musste denen so manche Standpauke halten. Es hat einige Zeit gedauert, aber dann konnte ich denen erklären: Nicht nur die Alten, auch die Beziehungen unter euch solltet ihr pflegen. Wenn Menschen, die euch bei der Arbeit erleben, sich wünschen, selbst in eurer Gemeinschaft mitzuarbeiten, dann seid ihr auf dem richtigen Weg. Dann werden sich auch die alten Leute hier freuen, euch zu sehen. Was glaubt ihr, wie viel Freude euch die Arbeit bereiten kann. Und wie viel Freude ihr uns durch eure Arbeit bereiten könntet. Ich sage, könntet! Und wie viel leichter wäre das für uns alle? Ist es nicht genau das, was ihr aus eurem tiefsten Herzen eigentlich wollt? Also tut es doch! Ihr solltet wirklich einen guten Umgang miteinander pflegen."

Ich war richtig stolz auf meine Oma und dachte mir, die mischt den Laden hier so richtig auf. „Zum Schluss", sagte sie, „brauchte ich nur noch zu sagen: Und wenn das nicht klappt, dann komme ich wieder – Motorrad fahren! Ich werde euch schon noch auf Spur bringen."

In der Tat musste sie mit den Pflegerinnen immer seltener Motorrad fahren. Vor Kurzem hatten sie wieder ihre Dienstbesprechung. Da war gar kein Geschrei mehr zu hören. Die lachten sogar! Jemand von den Bewohnern hatte ihnen als Dankeschön eine Torte gebacken. Meine Oma klopfte an, öffnete die Tür einen Spalt und steckte den Kopf rein. Sie zwinkerte mit dem Auge und sagte nur: „Na also, es geht doch!"

**Norbert Wickbold Denkzettel Nr.17**

# Heiß oder Kalt?

Warum lässt Euch das alles kalt?

Heilkunst und FarbenPracht©

# Norbert Wickbold
# Denkzettel Nr. 17

# Heiß oder kalt?
## Warum lässt euch das alles kalt?

Die einen bezeichnen sie als die goldene Zeit, die anderen als den größten Irrtum der jüngeren Geschichte. Ich meine die Zeit der Blumenkinder und der Hippies. Das war auch eine Zeit der erhitzten Gemüter. Eine Zeit von Protesten, Demonstrationen und Kundgebungen. Und von unendlichen, hitzigen Diskussionen. Worüber konnten wir uns nicht alles ereifern? Und was wir besonders gut fanden, das nannten wir »*heiß.*« Ob heiße Schlitten oder Mädchen in heißen Höschen. Und was wirklich gut war, galt einfach als heißer Tipp. Viele neue Formen des Lebens, des Liebens, des Arbeitens wurden experimentell erforscht. Vielfalt statt Einfalt war das Motto. Es war eine bunte Zeit. Knallige Farben waren angesagt. Aber diese Zeit ist längst vorbei.

Inzwischen ist eine Zeit der wahren Coolness eingekehrt. Was man gut findet, nennt man einfach »*cool.*« Das gilt besonders für all die neuesten Geräte kalter Technik. Cool ist es, wenn man sich die Massenartikel kaufen kann, die alle kaufen oder sich die Filme ansehen kann, mit den neuesten Darstellungen kaltblütiger Morde. Die Modefarben sind schwarz, grau, anthrazit, edelstahl und silber. Man wohnt in einem schwarzen Haus mit grauen Wänden, schwarzen Möbeln und schwarzer Bettwäsche. Man kleidet sich komplett in Schwarz, isst von schwarzen Tellern und arbeitet vor schwarzen Computern und schwarzen Monitoren. Die beliebteste Krankheit heißt Depression. Ab und zu sieht jemand richtig schwarz, dann besorgt er sich über schwarze Kanäle 'ne Waffe und weil dieser Jemand den Anblick von Schwarzen einfach nicht mehr ertragen kann, macht er einfach peng, peng, peng! Ist das wirklich so cool? Immerhin erhitzen sich daraufhin die Gemüter der guten Bürger, die sonst mit ihrer Politik immer ins Schwarze treffen. Mithilfe der schwarzen Parteien schreiben sie ordentliche, d. h. anständige schwarze Zahlen. Die so gewonnenen Gelder fließen in schwarze Kassen, danach auf schwarze Konten und verschwinden schließlich in dunklen oder schwarzen Kanälen. Aus denen sich besagter Herr Jemand seine Tatwaffe besorgen kann. Auf jeden Fall behalten bei alledem die guten Bürger immer eine weiße Weste.

Ist das wirklich so cool? Gefällt dir das? Und dir? Und dir? Und dir? Mir auch nicht! Dann frage ich euch, warum lässt euch das alles kalt?

Ja, kalt war mir, als ich einst in Irland mit einem Schiff zurück von einer Insel fuhr. Das war bei Windstärke acht. Alle Passagiere mussten in kleine Boote umsteigen, die sie an Land brachten. Unter den Passagieren war eine japanische Familie. Nun war beim Ausbooten nur der japanische Junge auf das erste Boot gekommen.

Seine Eltern blieben noch auf dem Schiff und winkten ihm zu. Doch der Junge fing fürchterlich an zu weinen, weil er glaubte, seine Eltern kämen nicht nach. Die anderen Fahrgäste standen betroffen daneben. Sie erklärten sich gegenseitig die Notlage des Jungen, denn sie sahen, wie er sehnsüchtig zu den Eltern auf dem immer weiter zurückbleibenden Schiff sah. Der Fährmann mit seinem langen roten Bart strahlte trotz seiner Rauheit eine angenehme Wärme aus. Er war mit Leib und Seele Fährmann und liebte seinen Beruf und die kalte See. Er strahlte den Jungen an und sagte ganz gelassen:

*»Don't worry, we'll find you another ma and pa!«*

(Keine Sorge, wir finden dir schon eine neue Mutter und einen neuen Vater). Dieser Mann wollte den ängstlichen Jungen aufheitern und versprach ihm kurzerhand neue Eltern. Natürlich kamen die richtigen Eltern mit dem nächsten Boot an.

Die Bodenseeregion zählt zu den wärmsten Gegenden Deutschlands. Hier wachsen Obst, Wein, Nüsse und vieles mehr in Hülle und Fülle. Ein wohlgenährter Mercedesfahrer fährt zum Erntedank die Früchte der übervollen Bäume, die auf die Straße gerollt sind und die Vögel, die sich etwas davon herauspicken, zu Matsch. Den Fahrer, der für die Fülle um ihn herum und in seinem eigenen Leben keine Wahrnehmung hat, lässt das völlig kalt, denn er fühlt in sich eine unendliche Leere, sodass er Angst hat, jemand könnte ihm noch mehr wegnehmen und ihn noch ärmer machen. Warum sollen andere satt werden, wenn er vor vollen Tellern verhungert? Ach ja, die Depression. Niedergedrücktheit. Die Resignation.

Als Gemeindevertreter veranstaltet er eine Führung durch die hundertjährige Allee, die seit Generationen das Markenzeichen seiner Stadt ist. Die Teilnehmer hören das sanfte Rauschen der Blätter, sind bei der stechenden Sonne dankbar für das schattenspendende Dach der weit ausladenden Baumkronen. Sie hören Geschichten der Alten, die schon in ihrer Kindheit unter den inzwischen zu mächtigen Riesen herangewachsenen Bäumen gespielt haben. Sie freuen sich an den Vögeln, die zwitschernd und trällernd den Besuchern von ihrem Zuhause in den Zweigen erzählen. Und da! Ein Eichhörnchen. Es läuft am Stamm herab, direkt über den Weg und bleibt neugierig vor den Spaziergängern stehen, als wollte es ihnen das zierliche Händchen reichen. Eine andere Gruppe ist stehen geblieben und hält nun inne, weil sich einer Besucherin ein wunderschöner Schmetterling auf den Kopf gesetzt hat. Und hier, – so seht doch! Noch einer und noch einer. Mit leuchtenden Augen und voller Begeisterung ruft der Gemeindevertreter der Frau, auf deren Kopf immer noch der Schmetterling sitzt, zu: „Und genau da wo jetzt diese Baumreihe steht, wird dann die Betonmauer errichtet." Viele der Besucher sind zum ersten Mal hier. Noch im Banne ihrer ersten Begegnung mit der Natur hören sie den Redner weiter verkünden: „Wir sind ja keine seelenlosen Baumfäller. Aber wir haben so ein tolles Konzept, wir machen aus alle dem, was Sie hier sehen, ein wahres Paradies. Und dazu müssen nun mal alle Bäume gefällt werden. Auch die da drüben. Das sieht das Konzept nun mal vor." Jubel, nicht enden wollender Beifall von den Teilnehmern.

Ich frage euch: Warum lässt euch das alles so kalt?

*Sie versprechen, den Wert des Ortes zu heben,*
*doch zerstören sie all das gewachsene Leben.*
*Blühende Bäume sollen reihenweis' stürzen,*
*auf dass Steine den kahlen Boden würzen,*
*die man zu mächtigen Mauern aufbaut,*
*damit niemand hinter die Kulissen schaut.*
*Vor das Tor zum Paradies aus warmem Gold,*
*habt ihr wie vors eigene Herz kalte Steine gerollt.*

Hier fühle ich mich wie der kleine japanische Junge. Was dort Humor war, ist hier bitterer Ernst:
»*Don't worry, we'll build you another paradise!*«
(Keine Sorge, wir bauen dir ein neues Paradies.)
Ein Paradies aus gigantischen Bäumen, einer Fülle von Vögeln, Schmetterlingen und vielen Tieren gegen eines

aus Beton, Kies und ein paar Gräsern? Ich frage euch wieder: Warum widerspricht da keiner? Warum lässt euch das alles so kalt?

*Verzauberte Zwerge waren wir,*
*die eifrig über alles Große staunten.*
*Wir hörten Stimmen, die nicht von hier*
*doch geheimnisvoll uns in die Ohren raunten.*

*Als entzauberte Riesen, die wir heute sind,*
*kann das wirklich Große uns nicht erregen.*
*Doch im Herzen unten sehnt sich ein Kind*
*mit leisem Hauch nach dem Zauber von Engelssegen.*

Ich geh an den vielen grauen Wänden vorbei, die heute dort stehen, wo einst Keime von Menschlichkeit grünten.

*Wir schauen zu, wie alle Wärme vergeht*
*und der kalte Beton auf ewig hier steht.*

1980 sang Joachim Witt:
»*Du, meine süße Betonwand*
*Du passt nicht in mein Traumland*«.

Und tatsächlich, im Jahre 1989 fiel die Mauer, die die Menschen bisher hinderte, vor den unerträglichen Verhältnissen im Lande zu fliehen. Heute wollen sie Mauern errichten, gegen die, die vor den unerträglichen

Verhältnissen in ihren Ländern flüchten. Warum lässt euch das alles kalt? Warum kann euch heute kein Unheil, keine Plage wirklich erregen?

Zu Moses Zeiten mussten die Ägypter zehn Plagen ertragen, bis das kalte Herz des Pharaos in Wallung geriet. Wie viel Plagen müssen die Menschen heute ertragen, bis sich endlich ihre Herzen wieder für Menschlichkeit erwärmen?

Eigentlich wird ja behauptet, dass die Menschen schon sehr früh aus dem Paradies vertrieben wurden, weil sie sich dort schlecht benommen haben. Wirklich daran erinnern kann sich niemand! So ist es auch gar kein Wunder, dass da jeder eine andere Vorstellung vom Paradies hat. Andererseits – wenn sich niemand daran erinnern kann, dann könnte es ja auch sein, dass wir noch im Paradies leben, ohne es zu wissen. Da hat uns kein Engel mit seinem feurigen Schwert aus dem Paradies vertrieben, sondern wir haben selbst das Paradies, in das wir gestellt wurden, mit unserer Kälte zerstört. Wenn wir uns für die Idee erwärmen könnten, dass diese Welt, in der wir leben, unser Paradies ist und wir es mit Liebe hegen und pflegen sollten, dann würden wir wohl kaum so tun, als hätten wir nach einem kalt berechnetem Plan für jeden kurzfristigen Bedarf ein neues Paradies parat.

# Norbert Wickbold  Denkzettel Nr.18

# Jammern mit Niveau ?

# Norbert Wickbold
# Denkzettel Nr. 18

# Jammern mit Niveau?
## Wie schön ist's doch im Jammertal!

Ach! Als ich ein kleiner Junge war, hatten meine Eltern mir einen Affen geschenkt. Das war kein lebender Affe, aber man konnte ihn für kurze Zeit zum Leben erwecken. In seinem Rücken steckte ein Schlüssel, mit dem man ihn wie eine Uhr aufziehen konnte. Solange dieser Affe ganz ruhig da saß, hing er schlapp herum und ließ seinen Kopf hängen. Doch wurde er aufgezogen, so fing er an zu hüpfen und freudig in die Hände zu klatschen. Dazu waren an beiden Händen Zimbeln angebracht, die er dann laut scheppernd aneinanderschlugen. Jedes Mal, wenn ich eine Idee hatte und niemand in der Familie mir zuhören wollte, zog ich den Affen auf und freute mich darüber, dass er für meine neue Idee applaudierte. So hatte ich einen Freund, der immer auf meiner Seite war und mir jederzeit zustimmte. Unter den Menschen war es schon schwieriger, einen solchen Freund zu finden. Denn die meisten Menschen interessierten sich nicht sonderlich für meine Gedanken und Wünsche. Sie wollten eher, dass ich von ihren Ideen begeistert sei und ihnen folge. Aus Furcht, diese Freunde wieder zu verlieren, tat ich das auch meistens. So war ich es bald, der ihnen Beifall klatschte. Meine vielen eigenen Ideen und Träume blieben unausgesprochen und ungehört. Der lustige Klatschaffe war irgendwann spurlos verschwunden. Ach, ich hatte mich selbst zum Affen gemacht!

Für mich war das kein Spaß. Deshalb suchte ich mir neue Freunde. Ich fand nur wenige, weil ich nicht mehr bereit war, ihnen wie einst mein Äffchen Beifall zu klatschen. Und so hielt ich mich meistens zurück. Bald hatte ich aufgrund meiner Zurückhaltung fast niemanden, der mir irgendwelche nennenswerten Ideen oder überhaupt eine eigene Meinung zutraute. Ich wurde für gewöhnlich ganz einfach übergangen.

Später hatte ich einen Schulfreund, dessen Vater auf der Hutablage seines Autos immer einen Dackel sitzen hatte. Wo andere Dackel ihr Halsband trugen, konnte man bei ihm erkennen, dass sein Rumpf hohl war. Denn hier war an einem Punkt am Genick der Kopf eingehängt. Durch ein Metallgewicht im Inneren wurde der Kopf in der Balance gehalten. Bei der geringsten Berührung oder bei Bewegung wackelte der Dackel brav mit dem Kopf. Während der ganzen Fahrt nickte er gleichmütig. Nur wenn es holprig wurde, versuchte er scheinbar durch Verneinen seinen Unmut auszudrücken, doch sobald es ruhiger wurde, fand er zu seinem gewohnten Abnicken zurück.

Ach! Meist hatte ich nur einen einzigen Freund, an den ich mich völlig orientierte. Was ich damals als Ausdruck meiner Freundschaft zu ihm ansah, war in Wirklichkeit ein bereitwilliges Hinterherdackeln und Nach-dem-Munde-Reden. Ich war vom fröhlichen Affen zum traurigen Dackel gesunken.

Als ich 18 Jahre wurde, hatte ich vom Oberbürgermeister einen persönlichen Brief bekommen. Der hatte mir gratuliert und darauf hingewiesen, dass ich nun volljährig sei und somit bei allen demokratischen Entscheidungen als Bürger ein Wörtchen mit zu reden habe. Lange schon bin ich erwachsen und habe zwar durchaus etwas zu sagen, aber wer hört mir zu? Und nicht nur mir. Wer hört überhaupt noch zu? Heute sind es die Wissenschaftler, Wirtschaftsverbände, Medienvertreter, Politiker und jede Menge Experten, die uns sagen, wo es langgeht. Und die sind sich vollkommen einig: Uns gehts so gut wie nie zuvor! All die selbst ernannten Entscheider, sie haben ihre Klatschaffen, die ihnen Beifall klatschen und viele, viele Dackel, die ihnen hinterherdackeln und all ihren Aussagen monoton zustimmen und diese abnicken.

Ach! Wenn ich jedoch meine Freunde und Nachbarn reden höre, bekomme ich einen ganz anderen Eindruck. Da heißt es etwa: »An der Kasse, an der ich anstehe, dauert es am längsten.« Andere sind fest davon überzeugt, dass immer, wenn sie kommen, alle Ampeln auf Rot umschalten. Viele glauben, dass früher sowieso alles besser war. Oder sie klagen darüber, dass sie für alle anderen zahlen müssen, ohne etwas dagegen tun zu können. Sie fühlen sich von allen betrogen und besonders von den Politikern belogen. Wo ich auch hinhöre, klingen mir Misstöne entgegen. Im Sommer ist es zu heiß, im Winter ist es zu kalt. Wenn es regnet, ist es zu nass, wenn die Sonne scheint, ist es zu trocken. Wo immer Menschen zusammenkommen, da klagen und jammern sie, was das Zeug hält. Mit wachsender Begeisterung. Wenn zwei sich zusammengefunden haben, die sich gut ergänzen, sagt man:

*Auf jeden Topf passt ein Deckel.*

Und wer immer nur meckern muss, ist doch ein armer Tropf. Und siehe da:

*Ein jeder Tropf taugt zum Dackel.*

Denn auch die Meckerer und Nörgler finden ihre Leidensgenossen. Weil sie sich alleine nicht trauen, quasi als Bestätigung ihrer abfälligen Äußerungen, sagen sie dann oftmals: Herr/Frau Sowieso sagt das auch! Wer so redet, braucht jemanden, der ihm Beifall klatscht, wenn er sich über das Wetter, den Nachbarn oder über die Politik beschwert. Dieser Mensch hat offenbar einen Ersatz für seinen Klatschaffen aus Kindertagen gefunden. Wenngleich er selbst längst der Dackel ist, der nicht immer nur Nicken, sondern endlich auch mal bellen will. Nur das darf er ja nicht! Stattdessen muss er immer und immer den Schwanz einklemmen! Das kannte auch schon Karl Valentin:

> *»Mögen täten wir schon wollen*
> *aber dürfen haben wir uns nie getraut.«*

Ach, aus der seinerzeit revolutionären Selbsterkenntnis des Philosophen Rene Descartes:
*»Ich denke, also bin ich«*

ist (wohl nicht erst in unseren Tagen) das existenzielle Selbstverständnis des modernen Menschen geworden:
*»Ich jammere, also bin ich.«*

Manch einen geht es erst richtig gut, wenn er alles so richtig schlecht machen kann. Am liebsten wird gemeckert über das Wetter, über die da oben oder über das Alter. Und vor allem über die anderen. Anwesende sind natürlich – wie immer – ausgenommen. Die am lautesten klagen, stellen sich selbst als vorbildlich dar. Und jetzt jammern sie sogar schon über das Gejammer der anderen. Besonders diejenigen, die wirklich keinen Grund haben, sich zu beschweren, weil es ihnen rundweg gut geht – wie Politiker und Experten unentwegt behaupten – und sie selbst ein *first-class-life* führen können, beschweren sich über die vielen anderen, denen es tatsächlich nicht gut geht. Weil sie selbst auf so hohem Niveau leben, bezeichnen sie deren Klage als Jammern auf hohem Niveau. Besitzstandswahrung heißt das für die einen, Neiddebatte nennen 's die anderen. Und alle behaupten, es gehe ihnen nur um Gerechtigkeit! Den jeweils anderen trauen sie jedoch nur niedrigste egoistische Triebe zu.

Und auch die, die als Klatschaffen alles beklatschen, was die Oberen sagen, glauben ja selbst, dass es ihnen gut geht. Deshalb beschweren auch sie sich über das lästige Jammern auf hohem Niveau. Aber vielleicht beklagen sie ja gerade die Unerreichbarkeit des Niveaus. Auf jeden Fall muss es bei Weitem zu hoch für sie sein. Räumlich oder geistig, das lässt sich schwer ausmachen. Und der Dackel, der nicht an die guten Sachen herankommt, weil er es nicht schafft, sich aus den Niederungen des Lebens zu erheben, und trotzdem nicht bellen darf, fängt eben an zu wimmern. Wenn er ganz mutig ist, dann knurrt er auch mal. Oder er wedelt mit dem Schwanz. Vielleicht geben die ihm ja doch mal etwas von den Leckereien ab? Ach ja, und dann wird ihm vor den Kopf gestoßen. Damit er so lustig nickt. Erschrocken klemmt er seinen Schwanz ein und nickt wieder ganz brav. Gut gemacht bist ein braver Hund! Doch kaum sind die Leckerlis verputzt, wird wieder gemeckert und geschimpft – über die ganz kleinen Dackel, versteht sich. Das ist dann allerdings eher als Jammern auf ganz niedrigem Niveau zu bezeichnen. Aus Sicht der ganz Kleinen sind die Klagen der Großen natürlich als Jammern auf hohem Niveau aufzufassen.

*Und haben auch alle mitgemacht,*
*so hats doch keinem Spaß gemacht.*

Was war denn das? Da sprang mich doch grad was an: Jetzt laust mich doch der Affe! Sag, wer hat mir denn diesen Floh ins Ohr gesetzt? Ist das auch noch ein Hundefloh – vom Dackel? Bei den vielen Dackeln, die hier rumlaufen, kann das natürlich mal passieren. Eben hatte ich doch noch gute Laune. Weshalb fühl ich mich auf einmal so mies. Das viele Jammern geht mir wirklich auf dem Geist. Auf jeden Fall weiß ich es jetzt endlich: Das ist gar kein Jammern auf hohem Niveau, sondern ein Jammern im tiefsten Tal! Im Tal der Tränen. Hatten die vielleicht auch mal so einen Klatsch-Affen, der ihnen einst Lob und Anerkennung bekundete? Einen richtig lustigen. Ein lustiges Äffchen, das einst ihre Kinderherzen erfreuen und begeistern konnte? Doch wo ist all die Begeisterung bei den Erwachsenen geblieben? Der Floh im Ohr hats mir verraten:

*Längst endete mein tiefstes Sehnen.*
*Ich verlor darüber nie viel Tränen.*
*Drum jammre und meckre ich jeden an.*
*Seither mich nichts so recht begeistern kann.*
*Hab' ich auch so viele schon erniedrigt,*
*mein Herz wird davon nie befriedigt.*
*Den anderen bedeutet es eine verbale Qual,*
*ich fühl mich wohl im schönen Jammertal!*

# Norbert Wickbold Denkzettel Nr.19

## Wenn bei Lackaffen der Lack ab geht,

wird er dann zum nackten Affen?

Heilkunst und FarbenPracht©

# Norbert Wickbold
# Denkzettel Nr. 19

# Wenn beim Lackaffen der Lack ab geht,

*wird er dann zum nackten Affen?*

Manchmal wundere ich mich, was in meinem Kopf alles für Tiere und Untiere herumgeistern. Aber offenbar nicht nur in meinem. Es ist schon erstaunlich, wie viele Tiere und Mischwesen es geschafft haben, sich in den Sprachgebrauch des modernen Menschen zu retten. Seltsam finde ich nur eines: Bei den vielen im höchsten Maße ungeliebten Rindviechern, Mistkäfern, Schweinehunden und Spinatwachteln beklagt niemand, dass deren baldiges globales Artensterben zu befürchten sei. Und das ist in der Tat auch nicht zu erwarten. All diese seltsamen Wesen brauchen sich um ihren Nachwuchs keinerlei Sorgen zu machen. Der ist stets reichlich vorhanden. Den Kampf ums Überleben fechten andere für sie aus. Und das oftmals mit erbitterter Härte. Besagte Wesen schlummern oft im Verborgenen und nutzen unsere Gespräche oder Gedanken, um unvermittelt in unser Leben zu platzen. Auf diese Weise bin ich auch zu diesem unverschämten Lackaffen gekommen, der sich seit einigen Tagen in meinem Sprachzentrum breitgemacht hat und nun damit droht, in den Bereich meiner Langzeitsprachenschatzkammer vorzudringen, um dort, als befände er sich im Wachsfigurenkabinett der Madame Tussaud, einen prominenten Platz einzunehmen. Nebenbei bemerkt befindet sich dort schon eine stattliche Sammlung von Wortungeheuern, die ihr wahres Wesen nicht immer so ohne Weiteres zu erkennen geben. Wie etwa die fälschlicherweise zwischen *Hippocampus und Hippogryph*[1] eingeordnete *Hippopotomonstrosesquipedaliophobie.*[2] Entschuldigung, aber dieses Wortungeheuer macht mir einfach Angst. Auch wenn es wie der Name eines längst ausgestorbenen Dinosauriers klingt, wird vermutet, dass es sich tatsächlich um die Bezeichnung für die Angst vor langen Wörtern handelt. Dennoch hat das korrekte Wort nichts mit einem Nilpferd[3] zu tun und lautet einfach nur: *Sesquipedalophobie.*

Die Sprache hat aber auch sehr plastische Bezeichnungen. Der Lackaffe von dem hier eigentlich die Rede sein sollte, dürfte dazu sicherlich ein leichter zu entschlüsselndes Beispiel sein. Ich habe mich früher schon gefragt, was eigentlich genau unter einem *Lackaffen* zu verstehen sei. Wenn ich versuche, mir eine bildliche Vorstellung davon zu machen, dann kann ich es etwa so ausdrücken: Ein Mann mit einem überkandidelten Anzug, einem Glitzerhemd und dazu natürlich glänzend schwarze, stets tadellos und frisch geputzte Lackschuhe. Der so Ausstaffierte verhält sich jedoch, als sei er soeben dem Urwald entsprungen. Allerdings ohne solch eine gute Kinderstu-

---

1 alte Bezeichnung für Pegasus. Ein geflügeltes Pferd
2 Aussprache: Hip·po·po·to·mon·stro·ses·quip·pe·da·li·o·pho·bie
3 lat.: Hippopotamus

be wie Tarzan genossen zu haben. Mit seinem Imponiergehabe, den markigen Sprüchen, den dummen Witzen und dem lauten Geschrei handelt es sich statt um einen gebildeten Menschen, eher um einen Primaten, also einen Affen. Mein Urteil lautet: Außen hui und innen pfui! Auf jeden Fall hat der in meinem Sprachgebrauch eingedrungene Kerl ein so ungehobeltes Benehmen, welches nun ganz und gar nicht zu seinem feinen Erscheinungsbild passen will, sodass ich mit diesem Banausen jede verwandtschaftliche Beziehung kategorisch ablehne. Spontan kommt mir ein anderes Fundstück meines Langzeitgedächtnisses in den Sinn.

Es ist die Geschichte von einem Vater, der sich bemüht, seinem Sohn zu erklären, dass die Menschen von den Affen abstammen sollen. Nach den väterlichen Ausführungen sieht der zunächst schweigsame Sohn dem Vater erst mit einem ungläubigen, dann mit einem grimmigen Blick ins Gesicht. Man sieht förmlich, wie es in seinem Hirn arbeitet. Abrupt platzt es aus ihm heraus: »Du vielleicht – ich nicht!«

Noch heute bezweifeln viele menschliche Zeitgenossen die Abstammung von den Affen als ihren nächsten Verwandten. Weil sie glauben, die wären viel zu primitiv, nennen sie sie Primaten. Heute frage ich mich, ob dieser Sohn sich wohl auch zum Lackaffen entwickelt hat? Oder sollte ich lieber sagen, sich nicht weiter entwickelt hat, – menschlich gesehen und es dann nur zum Lackaffen gebracht hat? Vielleicht ist ja der Lackaffe nur ein auf einer früheren Entwicklungsstufe stehen gebliebener Mensch? Da laust mich doch der Affe! Oder müsste ich eher sagen: Da lackt mich doch der Affe? Ich lass es lieber bleiben, nachher stimmt das nicht und ich bin der Gelackmeierte.

Seit Darwin behaupten die Wissenschaftler, dass die Affen unsere nächsten Verwandten im Tierreich sind, wobei uns im Laufe der Jahre die Haare ausgefallen seien und wir dafür aber ein größeres Gehirn bekommen hätten. In der Tat lässt sich nicht leugnen, dass die heutigen Menschen im Gegensatz zu den Affen keine solche Körperbehaarung aufweisen und im Alter gehen die wenigen verbliebenen Kopfhaare, nachdem sie ergraut sind, auch noch aus. Zeitweise waren die Minderbehaarten neidisch auf die Langhaarigen. Lange Zeit wiederholten sie unentwegt den Spruch:

*Lange Haare, – kurzer Verstand.*

Bald konnte mancher Papagei den auswendig nachplappern, dabei haben Papageien nachweislich überhaupt keine Haare. Wieso haben in letzter Zeit so viele junge Männer einen radikalen Kahlschlag auf ihrem Kopf veranstaltet? Wollen sie dadurch dem Vorwurf des geringen Verstandes entgehen? Oder wollen sie damit präsentieren, über welch voluminösen Denkapparat sie verfügen? Ob das mit dem Hirnwachstum bei rückläufigem Haarwachstum immer so stimmt, kann ich nicht so recht glauben. Mir scheinen die Lackaffen der lebende Beweis dafür zu sein, dass man auch mit wenig Haaren wenig Hirn haben und dabei durchaus komfortabel leben kann. Hier muss ich natürlich ausdrücklich betonen, dass ich kahlköpfige Männer nicht automatisch für Lackaffen halte. Ein Grund, seine Kopfbehaarung komplett zu entfernen, könnte darin liegen, dass der Betreffende Angst vor seiner Kraft hat, die er auf diese Weise zu bändigen sucht. Schließlich berichtet die Bibel, dass Samson so viel Kraft in seinen Haaren hatte, dass es seine Haare waren, die ihn befähigten, einen ganzen Palast zum Einsturz zu bringen. Manche glauben ja, wir Menschen hätten uns längst zur Krone der Schöpfung erhoben. Sie sind ganz stolz darauf. Auch wenn sie sich nicht immer so benehmen. Viel häufiger haben sie selbst einen in der Krone, aber das ist ein anderes Thema. Denen ist es dann lästig, wenn sie immer wieder auf ihre tierischen Wurzeln verwiesen werden. Was tun sie nicht alles, um diese uralte Verwandtschaft zu leugnen und zu verbergen. Das kuriose daran ist nur, dass oft gerade diejenigen, die sich so sehr von ihren Urahnen distanzieren wollen, am deutlichsten zeigen, wie eng sie mit diesen durchaus intelligenten Tieren und insbesondere mit den Affen verwandt sind.

Manche dieser Zeitgenossen haben durchaus das Zeug dazu, von mir zum Lackaffen ernannt zu werden. Unbehaart und glattrasiert, täglich geduscht, frisch parfümiert und immer extravagant gekleidet. Aber nicht nur mit ihrem eigenen Äußeren protzen sie. Sie erweisen sich als wirklich wahre Lackaffen, indem sie mit einem teuren, überdimensioniertem und vor allem getunten Auto mit einem Kavalierstart nach dem anderen an den jungen Mädchen vorbeifahren müssen. Vor allem laut muss es sein. Hupen, dröhnendes Autoradio und der Motor muss so laut röhren wie beim echten Rennwagen. Der röhrende Hirsch auf der Pirsch. Und das auf vier Rädern. Und wenn sie tatsächlich mal nicht auf Angebertour sind, um alle Aufmerksamkeit auf sich zu lenken, putzen und polieren sie ihr Schmuckstück von Auto. Der Lack muss ständig auf Hochglanz gebracht werden. Früher geschah das hauptsächlich am Sonntag. Heute muss das täglich sein. Der Lack muss glänzen wie sie selbst. Manchmal frage ich mich, was wohl passiert, wenn beim Lackaffen der Lack abgeht. Von ihrem Auto und dann womöglich auch noch von ihnen selbst. Wird er dann zum nackten Affen? Das müssen die Lackaffen wohl befürchten; zumindest tragen sie ihren Lack meistens ganz dick auf. Schließlich soll ja niemand sehen, was darunter ist oder besser gesagt, dass da eben nichts drunter ist!

*Die sich mit fremden Federn schmücken,*
*sich allein nur an sich selbst entzücken.*
*Sich drängen stets ins grellste Rampenlicht*
*und sind so sehr auf Lob und Ehr' erpicht.*[4]

Doch eines Morgens wachst du Lackaffe auf und musst mit Schrecken erkennen: Der Lack ist ab! Da ist nichts mehr zu machen. Und das geschieht dann, weil andere gehörig an deinem Lack gekratzt, oder weil du niemanden mehr durch deine Sprüche und die immer gleiche Show beeindruckst. Oder weil du einfach älter wurdest und vielleicht auch nur, weil dir schlichtweg die Zähne, die Haare oder das Geld ausgingen. In Gedenken an den Lackaffen, der immer noch mit viel Getöse durch meine Hirnwindungen braust, singe ich, ade du mein Lackaffe:

*Ist dein alter Lack erst abgesprungen*
*und hast du dich doch durchgerungen,*
*den alten Affen hinter dir zu lassen,*
*um des Menschen Potenzial zu erfassen,*
*so kannst du dich schon bald verwandeln,*
*vom ungeschickten hin zum klugen Handeln.*
*Mancher braucht wohl bis zum Greise*
*und wird erst dann allmählich weise.*

---

[4] aus dem Buch: Was seht ihr denn? (N. Wickbold, 2015)

Norbert Wickbold Denkzettel Nr. 20

# Und ewig locken die Märkte

Wer kann Mammons Töchtern widerstehen?

Heilkunst und FarbenPracht©

# Norbert Wickbold
## Denkzettel Nr. 20

# Und ewig locken die Märkte
Wer kann Mammons Töchtern widerstehen?

Kennen Sie den Herrn Ökonomus? Nein, das ist kein alter Römer (auch, wenn es einen entfernten Verwandten bei den Römern gab, der unter dem Namen Krösus eine gewisse Bekanntheit erlangte) und er ist weiß Gott auch kein Heiliger. Die Geistlichen kennen ihn noch unter dem überlieferten Namen Mammon. Der Herr Mammon, der inzwischen Herr Ökonomus heißt, hat nämlich gar nicht solch eine hässliche Fratze, wie immer wieder behauptet wird. Nein, er zählt stets zu den Schönen. Was noch viel mehr für seine Töchter gilt. Herr Ökonomus und seine vielen Töchter findet man auf jeder Party und jedem Ball der Prominenten dieser Welt. Das Steckenpferd des Herrn Ökonomus ist das Puppenspiel. Wo er auftritt, lässt er die Puppen tanzen. Doch behält er stets selbst die Fäden in der Hand. Auch das Kartenspiel hat es ihm angetan. Er hat noch jedes Spiel gewonnen, wie – das wird er keinem verraten. Er lässt sich von niemanden in die Karten schauen. Und wenn jemand glaubt, er hätte sein Spiel durchschaut, haut Ökonomus wutentbrannt auf den Spieltisch. Und dann ertönt aus seinem Mund das gefürchtete Donnerwort:

*»Die Märkte sind erschüttert!«*

Die Prominenten dieser Welt zucken zusammen und bitten die Töchter des Herrn Ökonomus um Vergebung. Denn der bezeichnet seine Töchter als seine »*Märkte*«, weil sie für ihn bares Geld wert sind. Die Märkte, sie haben jede ihr ganz spezielles Eigenleben. All die Großen dieser Welt liegen ihnen zu Füßen und empfangen die neuen Bedingungen, damit Herr Ökonomus weiterspielen kann. Er treibt sie an, ihren Einsatz zu erhöhen, auch wenn sie es längst selbst nicht mehr verstehen. Die Töchter, sie können, wie einst zu Zeiten des Odysseus die Sirenen, jeden Mann von Rang mit ihren Gesängen betören.

So manchen jungen Herrn hat Herr Ökonomus schon zum Chefökonomen ernannt und ihm dabei geschickt die Hand einer seiner Töchter versprochen. Der so geehrte hat – wie schon viele andere vor ihm – der Tochter sogleich ewige Treue geschworen. Doch schon bald klingt ihm wie ein Tinnitus die Warnung des Herrn Ökonomus in den Ohren:

*Willst du wirklich den Markt kontrollieren,*
*dann musst du mir (dem Ökonomus) parieren.*
*Sonst ist dein Spiel aus, bevor es hat begonnen,*
*dein Geld, wie Sand zwischen den Fingern zerronnen.*
*Und schaffst du mir kein frisches Geld herbei,*
*ists mit der Heirat meiner Tochter schnell vorbei!*

So ist den Herren der Welt jedes Mittel recht, für den Ökonomus an frisches Geld zu gelangen. Und wenn es mal nicht so recht gelingen will, mit den Geldgeschäften, dann hebt Herr Ökonomus die Faust und es ertönt wieder laut und hallt durchs ganze Land:

*»Die Märkte sind erschüttert!«*

Den Chefökonomen nimmt er daraufhin an die Hand und erklärt ihm die neuen Regeln. Die werden sogleich unters Volk gebracht, dass jetzt härter arbeiten muss. Und schon fährt das Schiff der Wirtschaft wieder unter vollen Segeln. Herrn Ökonomus sei 's gedankt. Die Märkte haben sich beruhigt. Doch schon gilt es eine neue Klippe zu nehmen und Herrn Ökonomus die nächste Zahlung zu übergeben.

*Und die wird – das ist klar –*
*höher, als die Vorherige war.*
*Pünktlich muss das frische Geld fließen,*
*um Herrn Ökonomus nicht zu verdrießen.*
*Wie schnell hat der die Hand gehoben*
*und die Welt hört bangend sein Toben.*

Die Töchter haben verschiedene Interessen, die eine mag besonders gerne Automobile, die nächste bevorzugt Strom und Energie, die dritte vertraut ganz der

Medizin, die vierte liebt den Fleischgenuss, die fünfte dann den Waffengruß und die sechste stimmt für die richtige Chemie. Auf Öl steht eine, auf klares Wasser eine andere. Die Weiteren wechseln oftmals ihre Interessen. Wie viele Töchter Herr Ökonomus tatsächlich hat, bleibt ein ewiges Geheimnis. Wo immer es sich lohnt, sein Geld zu investieren, um es schnell wieder zu vermehren, da taucht ganz plötzlich Herr Ökonomus mit einer neuen Tochter auf – und das Buhlen um diese Tochter nimmt seinen Lauf.

Früher wurden die Märkte noch Mägde genannt. Aus der Bezeichnung: »Der Freier und die Magd« wurde mit der Umstellung kurioserweise »Der freie Markt«. Es ist etwas irreführend, wenn heute immer wieder von »dem freien Markt« gesprochen wird, denn gemeint ist einfach die einzige, gerade freie, also von Herrn Ökonomus keinem anderen Freier versprochene Tochter. Sobald bekannt wird, welche Tochter gerade frei ist, beginnt ein hemmungsloser Wettbewerb. Umgangssprachlich heißt es dann: »Auf dem freien Markt erhältlich.« Frei erhältlich bedeutet natürlich nicht umsonst erhältlich. Die Damen lassen es sich schon etwas kosten. Wer um sie freit, muss schon einiges berappen.

Doch nicht die Herren selbst, die um die Dame buhlen, sind es, die jetzt schwer arbeiten müssen, um ihren

Ansprüchen zu genügen. Die Herren machen Druck, sie beuten aus und holen was irgendwie geht aus Natur, Tier und Menschen heraus. Hauptsache es lässt sich schnell zu Geld machen. Und können die Herren die Gunst des freien Marktes nicht gewinnen, dann heißt es bald: »*Die Märkte sind erschüttert!*« Und um Herrn Ökonomus samt seiner vielen Töchter wieder zu besänftigen, müssen viele Arbeitsplätze weichen. Und all der Sozialklimbim[1] steht dem schnellen Geldfluss sehr im Wege. Sind erst diese Hindernisse beseitigt, kann die Quelle mit frischem Geld wieder fließen. Das so gewonnene Geld geht dann quasi als Mitgift in die Ehe ein. Hier lässt Herr Ökonomus dann wieder die Puppen tanzen. Und er achtet darauf, dass nur die Schönsten dieser Welt auf dem Hochzeitsball erscheinen. Und diejenigen, die die Zeche für dieses Fest bezahlen, dürfen nur von weitem darüber staunen.

Es haben sich schon Wettbüros gebildet, die darauf bieten, wie wahrscheinlich es ist, dass Herr Ökonomus wieder seine Hand erheben wird und das Gefürchtete: »*Die Märkte sind erschüttert!*« ertönen lässt. Schon die Ankündigung, ein gewisses Fehlverhalten könne bewirken, dass Herr Ökonomus in Wut gerät, reicht aus, um die Märkte tatsächlich zu erschüttern.

---

[1] Wortschöpfung des ehem. bayrischen Ministerpräsidenten Franz-Josef Strauss

Obwohl alle Ökonomus und seine Töchter füttern, gilt es als unerschütterliche Tatsache, dass wir alle vom Ökonomus und seinen Märkten genährt werden und ihm unser Wohlergehen zu verdanken haben.

Das erinnert mich an den Film »King-Kong.« Ein menschenfressender Riesenaffe wütet und bedroht als wilde Bestie ein kleines Volk im tiefen Urwald. Diese Bestie kann nur besänftigt werden, wenn ihr regelmäßig ein Mensch lebendig zum Fraß vorgeworfen wird. Doch, wehe wenn sie losgelassen!

Es gibt Menschen, für die sind die Märkte tatsächlich wie eine Bestie, der man ständig neue und höhere Opfer erbringen muss, um sie zu besänftigen. So fühlen sich die einen von den Märkten betört und die anderen empfinden sie als eine große Bedrohung. Dennoch werden alle in ihren Bann gezogen. Niemand kann Mammons Töchtern widerstehen. Und von denen, die draußen stehen, wenn wieder einmal mit großem Pomp und viel Gloria eine von den Märkten mit einem der Großen dieser Welt vermählt wird, ist keiner, der sich nicht darüber freut, dass nun doch das Gute gesiegt hat. Und tatsächlich: Herr Ökonomus hebt seine Hand! Doch diesmal ist er sanft gestimmt und gibt dem Orchester das Startzeichen, damit es zum Tanze in diesem Maskenball aufspielt. Und wie schön sie alle tanzen! Nach seiner Pfeife.

Spiel's noch einmal Sam! – oder Mammon – oder Ökonomus. Oder ist der Herr Ökonomus vielleicht eine Art Rattenfänger von Hameln? Hat er wirklich die Ratten vertrieben? Doch wo sind dann all die lachenden Kinder geblieben? Wie viele hat er schon verführt? Auch wenn die Märkte, lange schon vermählt sind, auf einen Kindersegen wartet die Welt vergebens. Bei allem grenzenlosen Wachstumsstreben wurde an den Nachwuchs nicht einmal gedacht und wir haben uns somit selbst um die eigene Zukunft gebracht.

*Kinder, wo ist all das viele Geld geblieben?*
*Und wo sind die einstigen Freunde – die Lieben?*
*Mammons Ratten sind noch alle da!*
*Die Märkte, das wird langsam klar,*
*sie haben alle einen dicken Bauch.*
*Das Geld ist fort, die Kinder auch.*
*Zu lange haben wir vor ihnen gezittert*
*nun sind **wir** von den Märkten erschüttert.*
*Auf Ökonomus Spiel der Märkte ganz versessen,*
*haben wir der Kinder Zukunft längst vergessen.*
*Die Märkte hatten wirklich ihren Spaß,*
*Wir gaben ihnen unsere Kinder zum Fraß!*
*Wollen wir denn immer so weitermachen*
*und ewig verzichten auf unsrer Kinder Lachen?*

Die Bücher von Norbert Wickbold

finden Sie auf den folgenden Seiten

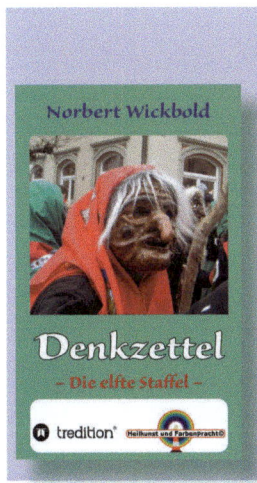

**Denkzettel
mit elf Texten!**

Tb: € **12,80** (D)
geb: € **19,80** (D)
e-Book: € **7,99** (D)
*Preise gelten auch für die Jubiläums-
ausgaben (nächste Seite)*
Denkzettel – elfte Staffel
Nummer 101 bis 111
Bonusausgabe mit
Bonusdenkzettel!

## Die Jubiläumsausgaben

Tb: 12,80 €   geb: € 19,80 €   eBook: 7,99 €

## Zum Anliegen der Denkzettel

Hier werden Lebensthemen oder politische Themen in oftmals ungewöhnlicher Denk- und Sichtweise humorvoll oder eher besinnlich erörtert. Jeder Band umfasst zehn Texte, die nicht all zu ernst genommen werden sollen, denn ich möchte dazu beitragen, all zu engstirnige Denkweisen aufzulockern. Vielleicht kommen Sie bei deren Lektüre ins Schmunzeln und es fällt Ihnen anschließend leichter, Altbekanntes neu zu betrachten und es auf bisher ungeahnte Weise zu bedenken.

Tb: 11,80 €  gebunden: € 18,80 €  eBook: 6,99 €

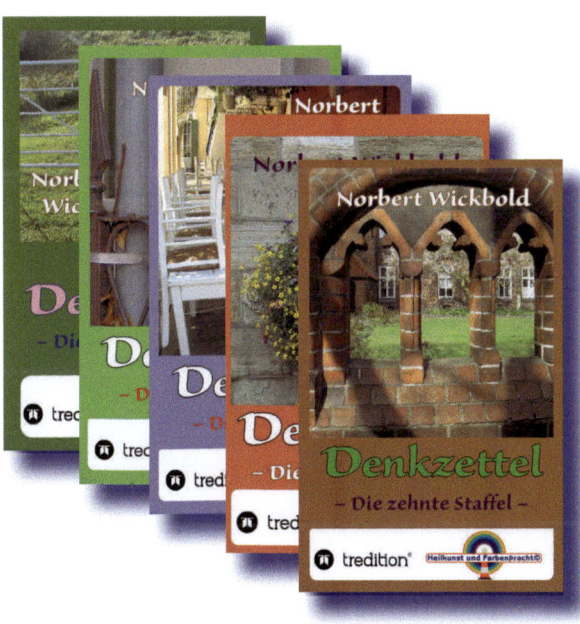

Der Roman, der zur Quelle führt:

## Die Wiederkehr der Morgenlandfahrer

Die Idee der Morgenlandfahrer Hermann Hesses wird hier wieder aufgegriffen und mit hochaktuellen Themen verknüpft: Auf der einen Seite steht eine gigantische, den Globus beherrschende Wirtschaftsmacht, und ihr gegenüber befindet sich die entmachtete Gruppe der vielen. Ein paar wenige wagen es, um ihr Grundrecht auf sauberes Wasser zu kämpfen und bringen das Machtgefüge der Weltmacht an seine Grenzen. Der Roman möchte dazu ermutigen, die eigene innere Quelle zu suchen und auf die damit verbundene Kraft zu vertrauen. Die Entdeckung dieser inneren Quellen wird in mehreren Visionen bzw. Meditationen beschrieben, die zum Kernstück des Buches gehören. Hier geht es darum, seinem Stern zu folgen und daraus Kraft für die Bewältigung auch sehr schwieriger Aufgaben zu ziehen. Die Reise der Morgenlandfahrer ist eine Reise durch die innere Wüste zur ureigenen Quelle. Die Geschichte will ein Beispiel geben, wie eine globale Bedrohung überwunden werden kann. Für jeden der neuen Morgenlandfahrer erweist sich eine von sieben Künsten als wahre Kraftquelle und als Morgenstern. Indem sie sich bei allen Herausforderungen vom wiedergefundenen Stern leiten lassen, finden sie das Wasser des Lebens. Damit kehren sie zurück in ihre Heimat, wo viele andere von dieser Quelle schöpfen können.

336 Seiten € **18,50** (D) Tb

ISBN: 978-3-8495-9890-7 (Tb.)
　　　978-3-8495-9891-4 (geb.)
　　　978-3-8495-9892-1 (e-Book)

Gedichte und Gedanken:

## Was seht ihr denn?
und
## Was denkt ihr denn?

Wie viele Gedanken gehen uns durch den Kopf und ziehen sehr schnell wieder weiter? Einige hinterlassen bleibende Spuren, andere geraten bald wieder in Vergessenheit. Neue Ereignisse und neue Gedanken verdrängen unsere Gedanken von gestern.

| | |
|---|---|
| Tb: € 8,00 (D) | Tb: € 8,00 (D) |
| geb: € 13,50 (D) | geb: € 13,50 (D) |
| e-Book: € 4,99 (D) | e-Book: € 4,99 (D) |

ISBN:
978-3-7323-1126-2 (Tb.)
978-3-7323-1127-9 (geb.)
978-3-7323-1128-6 (e-book)

ISBN:
978-3-347-59249-0 (Tb.)
978-3-347-59250-6 (geb.)
978-3-347-59251-3 (e-book)

Der Ratgeber zum Älterwerden:

## Wer weiß, wie wir mal werden?
Selbstentwicklung kreativ fürs Alter nutzen

Im Alter würdevoll Leben, möglichst ohne Leiden zu müssen, dass wünschen sich viele Menschen. Ist das möglich? Nach 22 Jahren Arbeit in der Altenpflege, behaupte ich: Ja! Es ist möglich, wenn wir bereit sind, unser Leid anzunehmen. Dann können wir es wandeln. Mithilfe unserer Lebenserfahrung, der Kunst und verschiedener therapeutischer Ansätze können wir einen inneren Wandel vollziehen und den Abbau- und Sterbeprozess kreativ wandeln in einen Aufbau- und Integrationsprozess.

Das Buch vereint viele Beispiele aus der Praxis, der Kunst, der Dichtung und der Forschung und zeigt sieben Wege zum kreativen Altwerden auf.

384 Seiten, mit vielen, teils farbigen Abbildungen

Tb: **€ 27,00** (D)

geb: **€ 33,80** (D)

eBook: **€ 12,99** (D)

ISBN:
978-3-8495-9811-2 (Tb.)
978-3-8495-9812-9 (geb.)
978-3-8495-9813-6 (e-Book)

Die Seminarbücher:

# Sieben Wege zum kreativen Älterwerden

Hier werden sieben Wege aufgezeigt, die dich befähigen, auch im Alter eine Persönlichkeit zu sein, die souverän und weise ihr Leben führt.

ISBN
978-3-7482-0869-3

ISBN
978-3-347-21315-9

ISBN
978-3-347-41444-0

ISBN
978-3-347-79324-8

Zu jedem Weg werden Seminare angeboten. In lockerer Folge erscheinen weitere Themenbücher, die unabhängig voneinander durchgearbeitet werden können.

Tb: € 10,50 (D)   geb: € 18,80 (D)   eBook: € 5,99 (D)

ISBN
978-3-347-91253-3

ISBN
978-3-347-93269-2

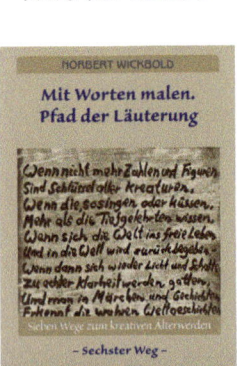

Mit Worten malen.
Pfad der Läuterung

Die Teile des Lebens
zum Ganzen
zusammenfügen

Der Autor:
# Norbert Wickbold

1973-1984 Lehre und Arbeit
   als Elektriker
1985-1993 Kunsttherapie-Studium
   und freie Arbeit als Dozent
   für künstlerische und literarische Kurse
1994-2022 Ausbildung und Arbeit als Altenpfleger
2008-2010 Master-Studium in Erwachsenenbildung
2003   Beginn meiner schriftstellerischen Arbeit
2010 • *Vom Sinn des Lebens, des Sterbens und der
   Aufgabe des Alters* in Heft 23 der Zeitschrift:
   »Psychosynthese«, Navo-Verlag, Zürich
2014 • *Wer weiß, wie wir mal werden?* veröffentlicht
2015 • *Die Wiederkehr der Morgenlandfahrer* und
   • *Was seht ihr denn? – 42 Gedichte und Gedanken*
   • *Denkzettel – Die ersten zehn*
2016 • *Denkzettel –die zweite Staffel* bis
2019 • *Denkzettel – dritte bis fünfte Staffel*
2020 • *Geschichten aus dem Paradies*
   • *Sieben Wege zum kreativen Älterwerden /Einleitung*
   • *Denkzettel – sechste Staffel*
2021 • *Die Bilder der Seele sprechen lassen /1. Weg*
   • *Die Biografie als Gestaltungsaufgabe /2. Weg*
   • *Denkzettel – siebte Staffel, achte Staffel*
2022 • *Denkzettel – neunte Staffel, zehnte Staffel*
   • *Was denkt ihr denn? – Dichtungen, Verse…*
   • *Neue Geschichten aus dem Paradies*
2023 • *Dreh dich nicht um – Die Blockaden lösen /3. Weg*
   • *Auf künstlerischen Wegen der Weisheit entgegen /4. Weg*
   • *Empfangen der Würde im Alter – ein christlicher Weg*
   • *Denkzettel – die elfte Staffel*

weitere Infos:

Norbert Wickbold
n.wickbold@heilkunstundfarbenpracht.info
www.heilkunstundfarbenpracht.de

Bücher erhältlich über
www.tredition.de